COLLECTION FOLIO

Tahar Ben Jelloun
de l'Académie Goncourt

La punition

Gallimard

Tahar Ben Jelloun est né à Fès en 1944. Il s'installe à Paris dès 1971, publie ses poèmes chez Maspero et voit son premier roman, *Harrouda*, édité par Maurice Nadeau aux Éditions Denoël en 1973. Poète et romancier, il est l'auteur notamment de *L'enfant de sable* et de sa suite *La nuit sacrée*, qui a obtenu le prix Goncourt en 1987, ainsi que de *Partir*, *Le bonheur conjugal*, *L'ablation*, *Le mariage de plaisir* et *La punition*. Onze romans de l'auteur ont été réunis dans un Quarto avec une autobiographie inédite.

En route pour El Hajeb

Le 16 juillet 1966 est un de ces matins que ma mère a mis de côté dans un coin de sa mémoire pour, comme elle dit, en rendre compte à son fossoyeur. Un matin sombre avec un ciel blanc et sans pitié.

De ce jour-là, les mots se sont absentés. Seuls restent des regards vides et des yeux qui se baissent. Des mains sales arrachent à une mère un fils qui n'a pas encore vingt ans. Des ordres fusent, des insultes du genre « on va l'éduquer ce fils de pute ». Le moteur de la jeep militaire crache une fumée insupportable. Ma mère voit tout en noir et résiste pour ne pas tomber par terre. C'est l'époque où des jeunes gens disparaissent, où l'on vit dans la peur, où l'on parle à voix basse en soupçonnant les murs de retenir les phrases prononcées contre le régime, contre le roi et ses hommes de main – des militaires prêts à tout et des policiers en civil dont la brutalité se cache derrière des formules creuses. Avant de repartir, l'un des deux soldats dit à mon père : « Demain ton rejeton doit se présenter au camp d'El Hajeb, ordre du général. Voici le billet de train, en troisième classe. Il a intérêt à ne pas se débiner. »

La jeep lâche un ultime paquet de fumée et s'en va en faisant crisser ses pneus. Je savais que j'étais sur la liste. Ils étaient passés hier chez Moncef qui m'avait prévenu que nous étions punis. Apparemment quelqu'un l'avait informé, peut-être son père qui avait un cousin à l'État-Major. Sur une vieille carte du Maroc je cherche El Hajeb. Mon père me dit : « C'est à côté de Meknès, c'est un village où il n'y a que des militaires. »

Le lendemain matin, je suis dans le train avec mon frère aîné. Il a tenu à m'accompagner jusque là-bas. Nous n'avons aucune information. Juste une convocation sèche.

Mon crime ? Avoir participé le 23 mars 1965 à une manifestation étudiante pacifique qui a été réprimée dans le sang. J'étais avec un ami lorsque soudain devant nous des éléments de la brigade des « Chabakonis » (Ça va cogner), comme on les surnomme, se sont mis à frapper de toutes leurs forces les manifestants, sans aucune raison. Pris de panique, nous nous sommes mis à courir longtemps avant de trouver finalement refuge dans une mosquée. En chemin, j'ai vu des corps gisant par terre dans leur sang. Plus tard j'ai vu des mères courir vers des hôpitaux à la recherche de leur enfant. J'ai vu la panique, la haine. J'ai vu surtout le visage d'une monarchie ayant donné un blanc-seing à des militaires pour rétablir l'ordre par tous les moyens. Ce jour-là, le divorce entre le peuple et son armée était définitivement consommé. On murmurait dans la ville que le général Oufkir en personne avait tiré sur la foule depuis un hélicoptère à Rabat et à Casablanca.

Le soir même, l'Union nationale des étudiants du Maroc (Unem) a tenu une réunion clandestine dans les cuisines du restaurant de la cité universitaire où j'ai eu la naïveté de me rendre. La réunion n'était même pas terminée qu'on entendit le bruit des jeeps certainement alertées par un traître. Les responsables de l'Union suspectaient depuis longtemps que quelqu'un renseignait la police. Un type petit, sec, laid et très intelligent, en particulier, mais dont ils n'arrivaient pas à prouver la collaboration avec l'ennemi. Les policiers sont entrés, ont embarqué les plus âgés et ont relevé les noms de tous les autres. Je m'étais cru sorti d'affaire…

Les wagons datent d'avant la Seconde Guerre mondiale, les bancs sont en bois et ça avance à une vitesse d'escargot. Les paysages défilent avec une lenteur étrange. De temps en temps le train s'arrête. On se met à la fenêtre et on respire l'air pollué par la fumée de la locomotive. Des gens montent chargés de couffins, de sacs, certains avec des coqs encore vivants. Ils fument du mauvais tabac. Je tousse, je regarde ailleurs. Je pense à nos réunions de ces derniers mois, vaines, stériles. C'est normal qu'à notre âge nous voulions changer les choses. Nous ne faisons rien de mal, nous discutons des heures, nous nous mettons à l'épreuve des faits. Nous voulons lutter contre les injustices, contre la répression et le manque de liberté. Quoi de plus noble ? Nous n'appartenons pour la plupart à aucun parti. L'un de nous est communiste, c'est vrai, du moins il se réclame du communisme, mais nous ne cherchons pas à savoir ce que cela signifie réellement pour lui. Il déteste l'Amérique. Moi j'adore le jazz et le cinéma américain. Alors je ne comprends pas son attitude rigide. Tout ce qui vient des États-Unis, il le considère comme mauvais, nocif, à rejeter. Il ne boit pas de Coca-Cola, par exemple. C'est sa manière d'exprimer son antiaméricanisme. Moi j'aime bien, surtout l'été, boire un petit Coca. Je ne me sens pas pour autant complice des atrocités que commettent les GI au Viêt Nam.

Le train redémarre doucement. Mon frère s'est assoupi. Le paysan avec ses coqs pue. Je crois même voir un pou ou une puce sur le col sale de sa vieille chemise. Il sort une longue pipe, la bourre de tabac et l'allume. C'est du kif. Il fume tranquillement sans même se demander si cela nous dérange. Je sens la migraine monter. J'avais prévu son arrivée. Je prends une aspirine dans le sac, le paysan me tend une bouteille d'eau, j'aurais bien voulu avoir un verre. Je le remercie et avale le cachet. Je me lève et marche quelques pas dans le couloir. J'aperçois au loin un berger qui fait la sieste sous un arbre. Je l'envie. Je me dis, il ne connaît pas sa chance: Personne pour le punir, je sais il n'a rien fait mais moi aussi je suis innocent et voilà que je me trouve dans ce train de malheur pour me rendre à une caserne où je n'ai aucune idée de ce qui va m'arriver ! Je vois une paysanne passer. Elle me fait penser à ma fiancée. J'ai mal. Zayna n'est pas venue me dire adieu avant mon départ. Pourtant je lui ai téléphoné. Sa mère m'a répondu de manière sèche. Quand j'ai informé Zayna de ce qui m'arrivait, elle n'a rien dit, ou plutôt a soupiré comme si je l'embêtais. « Au revoir », m'a-t-elle dit puis elle a raccroché. Je suis amoureux d'elle, je pense tout le temps à notre rencontre à la Bibliothèque française. Nos mains s'étaient posées sur le même livre, *L'Étranger* de Camus. Elle m'a dit : « Je dois faire un exposé dessus », et je me suis empressé de lui répondre : « Je pourrais t'aider, je l'ai déjà étudié. » C'est ainsi que nous nous sommes retrouvés plusieurs après-midi au café Pino, rue de Fès. Nous avons parlé longuement de cette histoire de meurtre d'un Arabe à cause du soleil ou du chagrin. Elle me disait : « Sa mère est morte ; il ne sait pas exactement quand ? C'est un fils indigne... » Moi non plus je ne comprenais pas comment un fils pouvait hésiter sur le jour du décès de sa mère. Après ces étonnements, nous nous sommes regardés comme Cary Grant et Ingrid Bergman. Je l'ai raccompagnée souvent jusqu'à chez elle. Un soir, profitant d'une panne d'électricité, je lui ai volé un baiser. Elle s'est serrée contre moi et ce fut le début d'une histoire d'amour où tout prit des proportions énormes. On devait se cacher pour s'aimer. Elle préservait sa virginité et moi je me contentais de la caresser. L'obscurité était notre complice. Il y avait dans ces étreintes furtives une excitation qui nous donnait des tremblements. Notre amour, parsemé de doutes et de fébrilités, nous enivrait. Impossible d'oublier ces instants qui se prolongeaient ensuite dans nos rêves. Le lendemain, nous nous racontions notre nuit. Nous étions fous et heureux. À tout cela la gendarmerie de Sa Majesté s'apprête à mettre une fin brutale et irréversible.

Le train entre dans la gare de Meknès vers dix-neuf heures. Une chaleur torride. Le dernier autocar reliant Meknès à El Hajeb est parti une demi-heure auparavant. Passer la nuit dans cette ville que nous ne connaissons pas n'augure rien de bon. Mon frère trouve un petit hôtel pas cher. Le type à la réception est borgne, porte une barbe de quelques jours ; il crache par terre en faisant un bruit sec, c'est un tic. Il se fait payer d'avance et nous tend une grosse clé en nous disant : « Ici, pas de putes. » Je baisse les yeux, gêné devant mon grand frère. Une chambre à deux lits. Draps sales. Des taches de sang ici ou là. On se regarde sans dire un mot. Pas le choix. Quand on est pauvre, on ne fait pas la fine bouche devant des draps souillés. De son sac mon frère sort un poulet rôti. Notre mère avait tout prévu. Un grand pain, de la Vache qui rit et deux oranges. Assis à même le sol, nous mangeons sans faire de commentaires. Au moment de nous laver les mains, nous nous rendons compte qu'il n'y a pas de lavabo ni de toilettes dans la chambre. Tout est sur le palier et dans un état de saleté répugnant. Comme deux égarés, nos regards se croisent puis nous baissons les yeux, déconcertés. Nous nous couchons tout habillés. Le sommier est troué au milieu. Presque un hamac. Il manque juste l'arbre, le printemps, le cocktail et l'olive verte. Je ne dors pas. La migraine s'est installée. Je m'assois sur le bord du lit. Quelque chose me pince la nuque. Je gratte et j'attrape une punaise. Je l'écrase entre mes doigts. Ça pue. Est-ce que je parviendrai à oublier cette odeur de sang et de foin pourri ? Mon frère est réveillé par le bruit et dérangé par l'odeur. Je sors me laver les mains au fond du couloir. Le filet d'eau est faible. Le lavabo cassé. La crasse s'est introduite dans les fissures. Je retourne dans la chambre et m'assois de nouveau sur le bord du lit. La lumière, très basse, me permet cependant de surprendre encore deux punaises sur l'oreiller. Je le secoue. Elles tombent, je les écrase avec ma chaussure. Mon frère se met lui aussi à chasser les petites bêtes puantes. Pour la première fois de la journée on rigole alors qu'on a envie de pleurer sur notre sort, car depuis que ces satanés gendarmes ont apporté la convocation à la maison, mes parents sont tombés malades.

Un jour, comme ça, des hommes viennent sonner chez vous au nom du gouvernement, on n'ose pas vérifier leurs identités, ils se présentent pour un simple contrôle de routine. Ils disent : « On a juste quelques points à clarifier avec votre mari, il sera de retour dans une heure ou deux, n'ayez crainte. » Et puis passent les jours et le mari ne revient pas. L'arbitraire et l'injustice sont tellement répandus qu'on vit dans la peur. Mon père rêve d'un système comme dans les pays nordiques, il nous parle souvent de la Suède, du Danemark et de la démocratie. Il aime aussi l'Amérique où même si on assassine les présidents on ne se venge pas sur tout le peuple. « John Kennedy est mort ; son assassin a été abattu. C'est tout ! » m'a-t-il dit un jour.

Au milieu de la nuit, je sens la fatigue arriver. Ma tête est chaude, je transpire. J'ouvre la fenêtre ; des moustiques entrent par dizaines. Je la referme. Je tente de penser à une prairie toute verte et moi assis sur un banc bavardant avec des amis ; je vois au loin une fille vêtue d'une robe légère avancer ; c'est un rêve. Une nouvelle piqûre de punaise me fait sursauter. Je décide de me lever. Je fouille dans mon sac et j'en sors des biscuits préparés par ma mère. J'en mange deux. Des miettes tombent par terre. Les fourmis, prévenues, accourent. Ça m'amuse de les observer. Elles me distraient. Mon frère a réussi à s'endormir, il ronfle. Je siffle mais ça ne sert à rien. Il change de position et continue de ronfler. Je l'observe attentivement et décèle le début d'une calvitie. Il a douze ans de plus que moi. C'est un homme généreux et souriant. Il s'est marié très jeune avec une cousine. Il aime la politique mais, comme mon père, il fait attention quand il aborde les sujets délicats. Il parle par métaphores, ne prononce aucun nom, mais tout se lit sur les expressions de son visage. C'est lui qui a expliqué à mes parents que cette convocation militaire était une punition. Ma mère s'est mise à pleurer. « Qu'a fait mon fils pour être puni ? Pourquoi l'enfermer dans une caserne ? Pourquoi briser sa jeunesse et lui voler sa santé et la mienne avec ? » Mon père lui a répondu : « Tu sais bien pourquoi, il a fait de la politique ! » Ma mère, indignée : « C'est quoi cette "politique" ? Est-ce un crime ? » Mon père s'est alors lancé sous mes yeux ébahis dans une explication de texte : « Politique en arabe c'est *Siassa*, ça vient du verbe *sassa* c'est-à-dire diriger, conduire un animal, une jument ou un âne ; il faut savoir guider la bête afin qu'elle arrive là où on voudrait qu'elle arrive. Faire de la politique, c'est apprendre à gouverner des gens ; notre fils a voulu apprendre ce métier, il a échoué, on le punit pour ça, dans un autre pays on l'aurait félicité, chez nous on le décourage définitivement en lui faisant regretter son égarement dans un domaine réservé à ceux qui ont les moyens d'exercer le pouvoir et qui ne supportent pas ceux qui les contestent. Voilà, les choses sont simples. Notre fils s'est trompé, il s'est égaré dans un domaine qui n'est pas le nôtre. »

En fait, il essayait de se convaincre lui-même de ce qu'il disait. Mon père a horreur de l'injustice. Toute sa vie il l'a dénoncée, l'a combattue comme il a pu. Il sait que dans ce pays lutter contre les injustices peut très mal se terminer. L'arrestation puis l'emprisonnement de son neveu, qui avait osé dire en public : « La corruption dans ce pays commence par le haut et descend jusqu'au porteur », l'avaient traumatisé. Trois jours après être allé le voir en prison, il reçoit la visite de deux hommes qui le bombardent de questions. À un moment, l'un d'eux lui dit : « Tu as deux enfants, deux garçons, n'est-ce pas ? » Là, mon père comprend instantanément qu'il faut faire profil bas. Il en était malade. Le soir, il eut de la fièvre et s'endormit sans dire un mot. Le lendemain, il nous réunit, mon frère et moi, et nous dit : « Faites très attention ; pas de politique ; ici nous ne sommes pas au Danemark qui est aussi une monarchie, chez nous, c'est la police qui gouverne ; alors pensez à ma santé et surtout à la santé de votre mère ;

son diabète risque de s'aggraver ; pas de rassemblement, pas de politique... »

Nous répondîmes que de toute façon le pouvoir pourrait nous faire mal même si nous ne faisions pas de politique. Nous vivons dans un système où tout est sous contrôle. La peur et le soupçon sont là. Un cousin de mon père qui avait ses entrées chez des gens des Renseignements le prévint qu'on m'aurait vu prendre un café avec un dirigeant du mouvement étudiant de Rabat. Prendre un café ! Un crime déjà signalé et archivé. Quant à moi, je n'avais absolument pas conscience à cette époque de l'ampleur sécuritaire du pays. Je m'occupais du Ciné-Club de Tanger avec un sentiment d'impunité totale. Rien de politique pour moi là-dedans. Pourtant, après avoir présenté *Le Cuirassé Potemkine* d'Eisenstein, je reçois le lendemain même une convocation de la police. J'ai quinze ans et je tremble car c'est la première fois que je mets les pieds dans un commissariat. Le type, peut-être gradé, me dit :

« Tu sais que ce film est une incitation à la révolte ? »

Je reste interloqué. Et puis je me lance :

« Mais pas du tout, monsieur. Ce film rapporte un événement historique qui n'a rien à voir avec notre réalité, c'est de l'art. Eisenstein est un grand cinéaste, vous savez.

— Me raconte pas de blagues, je connais Eisenstein. Avant je voulais faire de la réalisation ; je m'étais même inscrit à l'IDHEC à Paris, mais la mort accidentelle de mon père m'a obligé à interrompre mes études et comme la police recrutait, j'ai accepté. Bon, fais attention ; tu as de la chance d'être tombé sur un cinéphile. À propos, c'est quoi le prochain film du Ciné-Club ?

— *La Source* d'Ingmar Bergman.

— Très bon choix. Au moins là, pas de politique ! »

Vers cinq heures, je tombe de sommeil. Je ne sens plus les punaises et autres moustiques. Les fourmis ont disparu. Je m'endors. Ni rêve ni cauchemar. À huit heures, mon frère me réveille. Il faut nous en aller. Nous prenons notre petit déjeuner dans le café à côté. Café infect, mais excellent thé à la menthe, des beignets frits ; mon frère me dit : « Fais attention, cette huile doit dater de l'an dernier ! » C'est moins grave que les punaises. Les beignets me rappellent mon enfance à Fès dans la Médina. Une fois par semaine, le jour du hammam, mon père, sur le chemin du retour, nous en achetait pour notre petit déjeuner. On les trempait dans un bol de miel. C'était un délice inoubliable. Dans le pot il y avait des miettes et des abeilles mortes. Avec mon frère on s'amusait en nettoyant le pot. On se léchait les doigts en riant.

Un mendiant tend la main, je lui donne mes beignets. Il les avale, un autre arrive, je lui donne mon verre de thé, il me dit qu'il préfère une tasse de café. Des mouches et des abeilles tournent autour de nos têtes. Meknès se réveille. Un vendeur de menthe passe en criant « fraîche et bonne » ; c'était la menthe de Moulay Idriss Zerhoun, le saint de Volubilis, aux environs de Meknès. Après cette longue et horrible nuit, je suis prêt à tout affronter.

On cherche un taxi pour se rendre à El Hajeb, situé à une demi-heure de route. Des gens attendent, des mendiants rôdent, un garçon pieds nus ramasse un mégot par terre, il se fait chasser par un gars plus grand que lui. Des touristes se sont perdus, une foule de faux guides les harcèlent. Un policier les disperse en leur disant : « Honte à vous ! Vous donnez une mauvaise image de notre pays ! » Quelqu'un lui fait remarquer que l'image du pays est bien moche, aussi bien vue de l'intérieur que de l'extérieur, puis prend la fuite. Aussitôt le flic le menace en hurlant : « Je te connais, je sais où tu habites, je t'aurai… Tu insultes le pays et son roi, tu verras, tu le paieras très cher… » Il se met à crier le slogan du pays : « *Allah, Al Watan, Al Malik* » (Dieu, La Patrie, Le Roi).

Les gens rient, le policier n'a plus l'air bien fier.

Un taxi arrive. Des gens se précipitent. Le flic réclame de l'ordre puis s'adresse à mon frère : « Allez-y, vous n'êtes pas d'ici, n'est-ce pas ? »

Nous voilà installés serrés l'un contre l'autre

sur la banquette avant. Le plastique est déchiré, laissant voir la mousse dont la couleur d'origine est difficile à déterminer. Le chauffeur sent le beurre rance, il vient juste de terminer son petit déjeuner. Il allume une cigarette brune qui sent très mauvais. Quatre personnes sont derrière, un vieux dans une djellaba marron, une paysanne enveloppée dans un haïk blanc accompagnée de son fils et un soldat en permission. Le chauffeur dit : « Faut payer. » Chacun règle son voyage. En route, la discussion tourne autour de l'équipe de football de la région. Mon frère, natif de Fès, ose défendre son équipe, le Mas. Ça jette un froid dans le taxi. Les gens doivent se demander s'il n'est pas fou de vanter l'ennemi intime de l'équipe de Meknès. Le chauffeur change de sujet en parlant du prix de la tomate. Cela apaise tout le monde. Le soldat lui dit d'accélérer un peu : « Je vais avoir des problèmes avec Aqqa. » Apparemment, c'est quelqu'un d'important. Le chauffeur lui dit : « Mon pauvre ami ! » Le vieux assis derrière opine du chef : « Aqqa est très dur ; il fait peur à tout le monde même à ceux qui ne l'ont jamais rencontré. » Le chauffeur acquiesce d'un signe de tête.

El Hajeb était d'abord une caserne. Mon frère s'est renseigné sur son histoire : le sultan Moulay Hassan avait érigé dans ce village une casbah afin de repousser les troupes rebelles de la tribu berbère les Beni M'Tir. L'armée prit possession de ce lieu et en fit l'une des garnisons principales du royaume. C'était une époque difficile, époque dite de *Siba*, qui veut dire à la fois révolte, panique, désordre et chaos. Mon frère me dit en français : « Tu vois combien est riche la langue arabe ! Le mot *Siba* te renvoie à tant d'événements. » Le chauffeur lui fait remarquer qu'il ferait mieux de parler en arabe. Mon frère s'excuse et ne dit plus rien.

Le chauffeur nous laisse à quelques mètres des camions militaires. Il pose sur moi un regard où je crois voir de la compassion. Il dit en partant : « Que Dieu vous protège ! » Le soldat se met à courir. On le voit saluer un gradé puis disparaître.

Avant de nous diriger vers la porte du camp, mon frère me serre dans ses bras et je sens qu'il pleure. Il me dit à voix basse : « Mon frère, je vais te remettre entre les mains de brutes et je n'ai même pas le droit de savoir pourquoi ni pour combien de temps ces gens vont te retenir ici. Sois courageux et si tu peux nous envoyer des messages, fais-le. Écris des choses banales, nous lirons entre les lignes. »

Il me propose quelques formules : « Tout va bien » pour dire que cela va mal. « Tout va très bien » pour dire « Tout va très mal ». « La nourriture est aussi bonne que celle de maman » pour dire que de ce côté-là ce n'est pas mieux. Enfin, en cas de drame, il faut dire « Le printemps a fait une escale chez nous ». Je le rassure puis le remercie de m'avoir accompagné jusqu'à la porte.

Derniers moments de liberté

Il est midi. Un soleil de plomb. Il participe au drame que je vis. Mon frère n'est pas rassuré, il regarde tout autour et je vois de la tristesse dans ses yeux. Il doit penser de nouveau aux disparus. Il y a quelques mois, par exemple, notre voisin était sorti parler avec deux hommes qui avaient sonné chez lui, il les avait suivis et nous ne l'avons plus revu. Sa femme et ses enfants s'étaient adressés à mon père pour qu'il les aide à rédiger des avis de recherche qu'ils avaient publiés ensuite dans les journaux. Des gens sont kidnappés par des inconnus, la police enquête mais ne les retrouve jamais. Ainsi le père de mon meilleur ami fait partie des disparus. On dit que c'est la main sombre du général Oufkir ; certains ajoutent : « Le Palais n'y est pour rien. » En fait, le roi donne carte blanche à son fidèle serviteur pour mettre de l'ordre dans le pays. Tous ceux qui sont soupçonnés de comploter ou d'être sur le point de comploter contre le roi voient leur sort réglé de manière définitive et arbitraire par des hommes de l'ombre, sorte de police secrète qui n'a de comptes à rendre qu'au général. On dit qu'il a le pouvoir de deviner les pensées des autres. Il arrête souvent des gens qui n'ont rien fait. Il a été formé par les Français à l'époque de la guerre d'Indochine. Pas de scrupules, pas d'hésitation, la manière forte et brutale. Des spécialistes français lui ont appris les techniques les plus vicieuses de la torture. Il en est fier, paraît-il. La fin justifiant les moyens. L'ordre et la discipline avant toute chose. Le visage buriné, le regard profond et insondable, la peau comme le cratère d'un volcan éteint. On raconte que Ben Barka est mort durant une séance de torture, le cœur a lâché. Il a refusé de répondre aux questions de flics spécialisés dans ce genre d'interrogatoire. Oufkir leur aurait demandé de le laisser seul avec lui. Pas de paroles, pas de questions, mais une paire de gifles qui lui fit tomber une dent. Il l'aurait soulevé de sa chaise et tellement secoué que Mehdi, ne pouvant respirer sous la pression de la prise, aurait perdu connaissance et le cœur se serait arrêté. Oufkir aurait rappelé son équipe et lui aurait donné l'ordre suivant : « Préparez la baignoire. » Il y aurait dissous le corps dans de l'acide. Plus aucune trace du leader de l'opposition marocaine. On n'a jamais retrouvé le corps de Mehdi Ben Barka. La thèse de l'acide paraît très plausible. Durant des nuits, j'ai pensé à cet homme que je n'avais jamais rencontré. Je m'étais identifié à l'un de ses enfants qui devait avoir mon âge et me demandais comment il avait vécu cette tragédie qui ébranla le régime. Tous ceux qui avaient trempé dans cette affaire furent liquidés. Seul un aurait échappé à la mort. La sécurité franco-marocaine avait adopté les méthodes de la Mafia. À l'époque, même si le général de Gaulle avait été horrifié par ce qui s'était passé, les polices des deux pays continuaient à collaborer. Mon père ne s'était pas étonné de cette disparition. Je me souviens de l'entendre dire à voix basse et après avoir fermé les volets des fenêtres : « Le roi ne pouvait pas supporter que son ancien professeur de mathématiques s'oppose à lui ; normal qu'il l'ait fait disparaître ; enfin, ne répétez surtout pas ce que je viens de dire ; bouche cousue ! » Ce qui est parfois énervant, c'est qu'il ose dire des choses tout en avouant avoir peur. Mon père a peur. Il n'est pas le seul. Il m'a communiqué cette peur, un sentiment dont j'ai honte. D'ailleurs, son cousin lui a conseillé de faire très attention à ce qu'il dit en public et lui a appris que la police envoie de faux clients dans les magasins pour tirer les ficelles du nez des commerçants. Alors mon père n'aborde aucun sujet d'ordre politique avec ses clients. Une fois, quelqu'un lui a tendu une cassette : « Il faut donner pour la Palestine. » Mon père lui a dit : « Qui me prouve que cet argent ira vraiment aux Palestiniens ? » Le type s'en est allé sans répondre.

Chaque fois que la presse évoquait Mehdi Ben Barka, mon père répétait : « Ne vous fatiguez pas. On ne saura jamais la vérité sur cette disparition. Jamais. »

De nouveau, mon frère me serre dans ses bras, me dit : « Que la bénédiction de nos parents te protège », et ajoute : « Mais la plus belle des protections est celle de Dieu. » Il me serre très fort comme si nous n'allions plus nous revoir. Sur ces paroles, il me laisse entre les mains d'un immense gaillard, épais, lourd, grand de taille, la tête rasée. Il se montre poli devant mon frère, lui demande de ses nouvelles comme s'ils se connaissaient, pose un regard plein d'empathie sur moi et le rassure : « Allez en paix, votre petit frère est entre de bonnes mains », puis dès qu'il part il me donne un coup dans le dos qui me fait tomber. Je me relève et me trouve entre deux soldats qui me tirent et me jettent dans une pièce sombre et ronde avec une petite ouverture en haut sur le côté. Je me mets contre le mur rêche. Je regarde ou plutôt scrute le plafond et il me semble y voir des crochets en fer. Je suis persuadé que c'est là qu'on pend les condamnés ou qu'on les torture. Je ne sais pas ce qu'on fera de moi. J'ai faim. Ils ont gardé mon sac. Il fait chaud, mais au moins je suis à l'ombre. Cette pièce construite en pisé s'appelle une « tata », sorte de prison provisoire. La porte est fermée de l'extérieur. Impossible de s'échapper. J'étouffe, mes pensées sont de plus en plus noires. En fait, il ne s'agit pas vraiment de pensées, mais d'un sentiment étrange que tout a été bouleversé, que les choses ne sont plus à leur place, que les chaises du salon sont clouées au plafond, que les fauteuils du coiffeur occupent la place des miroirs, que la nuit est versée dans le jour et que les horloges n'ont plus d'aiguilles ; le temps n'existe plus, il est kidnappé par une bande de bagnards en fuite, les murs se déplacent, glissent sur des rails qui les envoient vers d'autres murs stockés dans un grand hangar où des hommes sont réduits comme on réduisait les crânes dans une de ces tribus lointaines, ils sont aussi grands que des rats, oui, les êtres humains sont devenus des rats et trouvent ça normal. Je tourne en rond dans ce cachot comme si je cherchais une main humaine, le visage de mon frère, comme si je reculais pour ne pas me transformer en rat, j'ai toujours eu horreur de ces bêtes, au cinéma je ferme les yeux quand elles apparaissent, c'est dire combien je suis phobique des rats, des taupes, des souris. Je pose mes mains sur le mur, je me rassure quelques secondes : je ne suis pas dans un cauchemar, mais bien dans une sorte de cachot où je suis prisonnier ; il n'y a pas de rats et rien ne bouge ; les murs sont solides et moi aussi je suis solide, enfin presque, en tout cas il faut que je devienne fort et que je ne me laisse pas écrabouiller par la situation.

Tard dans la nuit, on m'apporte à manger. Je pense que je me souviendrai toute ma vie de l'odeur suffocante de cette sauce jaune et lourde : la graisse de chameau. Pas de viande, des morceaux de légumes et du pain aussi dur que la pierre. On dirait que la farine a été mélangée avec de la craie. Je préfère ne rien avaler. Je bois de l'eau dans un verre en plastique. Je me recroqueville et essaie de m'endormir. J'entends du bruit. Je sens la fumée de cigarettes bon marché ; j'apprendrai plus tard que les soldats les appellent des « Troupe ». Curieusement, je ne suis plus inquiet. J'attends la suite, mes mains serrent mon front afin de calmer le mal de tête. Je m'appuie contre le mur, un caillou meurtrit mon dos. Je n'essaie pas de changer de position. Cette douleur-là distrait celle de la migraine. Le mal de tête, je suis né avec ; c'est comme ça ; je ne me souviens pas de la première fois où j'ai eu mal à la tête ; c'est une infirmité. Je souffre et je dois m'habituer à ce mal. Parfois c'est une aiguille qui fouille ma tête, d'autres fois c'est un marteau piqueur qui y fait des trous.

Je suis seul et personne ne me rend visite. Peut-être m'a-t-on oublié ? Mon imagination fonctionne plus vite que ma pensée. Je me vois dans des situations inextricables, comme courir dans un espace blanc à l'infini. Le mal de tête me ramène à la réalité. Je me lève et fais des séries de dix pas, je tourne en rond, je me dis que c'est le début de la folie, je pense à un film en noir et blanc, *La Colline des hommes perdus*. Je me vois parmi eux, assoiffé, affamé, entouré de mines, j'avance en me faisant léger, de peur de sauter sur l'une d'elles. La faim. Je prends un morceau de pain dur. Je le trempe dans la sauce jaune et je l'avale en me bouchant le nez. Je pique une moitié de pomme de terre et je la mange en buvant de l'eau. Je manque d'étouffer. Je tousse. Tard dans la nuit, un soldat ouvre la porte, se précipite sur moi, me tire par le bras et me met face au colosse qui m'a accueilli plus tôt.

Aqqa

Il me dit : « Je m'appelle Aqqa ; ici, c'est moi qui commande, adjudant-chef Aqqa, n'oublie pas ce nom, ça sonne comme la mort. On va te retirer tout ce qui est civil en toi. Enlève ces habits de ville. Tout ça c'est fini. Un homme, ici, il faut être un homme. Pas de chichi avec les cheveux, la brillantine et le parfum. Dépêche. Allez, fissa ! »

Pendant que je me déshabille, il me tire par les cheveux. Une tignasse noire à laquelle je tiens beaucoup. C'est l'époque des cheveux longs, du twist et du rock. Il dit au soldat :

« Plus un cheveu. Faut qu'il sache que la punition commence par les cheveux.

— À vos ordres, mon adjudant ! »

Le soldat tremble. Et moi je me demande si je vais trembler aussi ou m'évanouir, rire ou me battre, crier, hurler ou me taire et me laisser tondre comme un agneau.

Aqqa s'en va. Je mets un chandail marron aux manches courtes et un pantalon trop long. On me donne des sandales. Elles sont trop grandes pour mes pieds. J'essaie de marcher, elles s'échappent. Le soldat, plus petit que moi, m'attrape d'une main ferme et me fait asseoir sur un tabouret bancal tout en me disant : « On verra plus tard pour la taille des vêtements. » Il ne tremble plus et je sens naître en lui un sentiment de supériorité que procure le pouvoir. Il sort une paire de ciseaux et se met à couper mes cheveux. Les mèches tombent par terre, sur mes genoux. Il y en a beaucoup. Je pleure en silence. Je regarde ce tas de cheveux et attends ce qui va se passer. Le soldat asperge ma tête d'eau, prend un rasoir, y glisse une lame et se met à raser mon crâne. C'est douloureux. Une goutte de sang glisse sur ma joue. Je ne dis rien. La lame a dû servir plusieurs fois. Il me rassure en me disant que je suis le dixième qu'il rase de la soirée. Il prend son temps, passe et repasse la lame qui blesse par moments. Je ne bouge pas. Je sens la forte odeur de transpiration qui se dégage de lui. Je comprends que pour lui cette puanteur « fait homme ». Tout sent mauvais en lui. Tandis qu'il se penche vers moi, sa mauvaise haleine me submerge et me donne une sorte de vertige. J'ose m'informer sur d'éventuelles douches dans le camp. Il me répond que lui préfère aller au hammam une fois par semaine.

Au bout d'une demi-heure, le calvaire est terminé. L'odeur de la sueur et des habits sales me donne la nausée. Envie de vomir, pourtant mon ventre est presque vide. Je n'ose pas passer ma main sur mon crâne. Je reste assis, la tête baissée. Le soldat revient et me dit que cette nuit je dormirai dans la « tata » en attendant mon affectation. Il doit avoir mon âge, c'est un paysan qui a dû s'engager dans l'armée par défaut. Je lui demande son nom :

« Soldat deuxième classe, section trois. »

Il ramasse son matériel, crache par terre et s'en va.

Ce soldat, que je surnomme « Hajjam », parle mal l'arabe. Il doit être berbère. Il revient, recrache par terre et me dit qu'il a perdu son mégot de cigarette qu'il a dû éteindre à l'approche d'Aqqa. Il regarde partout, mais pas de trace de son mégot. Je lui offrirais bien tout un paquet de cigarettes américaines mais je ne fume pas et de toute façon ce n'est pas le moment de mendier quelque gentillesse. Il repart en insultant les gens des villes et claque la porte. Que faire à présent de ma nouvelle condition ? L'accepter. Difficile. À vingt ans on n'accepte pas les choses, on les réfute. Je repense à ma première réunion politique. C'était l'année du bac. Je découvrais un monde que je connaissais un peu à travers mes lectures et certains films. C'était ennuyeux, très ennuyeux. J'avais eu envie de me lever et de partir. Je n'eus pas ce courage. Les regards de mes camarades pesaient lourd dans la balance. Être traité de lâche ou de traître. Non jamais. Pourtant, un type nommé Faouzi n'hésita pas. Il se leva et quitta la salle en disant : « Bonne chance, ce n'est pas pour moi. » Il faut dire qu'il était malade et devait prendre un médicament toutes les quatre heures. Il avait une excuse, moi aucune. J'aurais pu déclarer « je suis amoureux, je vais rejoindre ma bien-aimée », là ils m'auraient fusillé symboliquement. C'est ce que j'aurais dû faire. Mais mon manque de courage et puis mes doutes ne m'aidèrent pas dans cette affaire. Changer le monde à notre petite échelle était fondamental pour moi qui avais lu Rimbaud et quelques citations de Karl Marx. Je surmontai mes peurs et assistai à la réunion qui dura des heures. Que de mots, de belles phrases, de promesses et puis le néant. Il y avait aussi un type venu de Rabat qui devait avoir trois ou quatre ans de plus que nous. Il était chargé d'installer le bureau de Tanger. C'était un pur politique. On commença la réunion avec une minute de silence à la mémoire de Mehdi Ben Barka dont il était l'ami. Il savait parler, démontrer, convaincre mais quand il partit j'étais incapable de résumer ce qu'il avait dit. Il était petit et sec, le genre d'homme qui voue sa vie à une cause parce qu'ailleurs il ne serait bon à rien. Je compris cela bien plus tard. Lui ne sera pas puni. Il ne fera pas partie des 94 « punis » du royaume. Il faisait officiellement de la politique, il avait un parti derrière lui et probablement des appuis influents. Nous, nous étions le bétail.

Aqqa repasse. Je le vois en contre-plongée, immense, comme ces monstres qu'on rencontre dans les films d'horreur. Il me toise, me dit : « Là, tu es en train de quitter ton état civil, demain tu seras un soldat. »

Aucune envie de devenir un soldat. Je ne dis rien. Je sais par intuition qu'avec ce genre de brute on ne discute pas.

« On va faire de toi un homme ! Ici pas de bolitique (il massacre le français tout le temps), t'as fait la bolitique c'est pour ça que t'es là, mais c'est pas grave on va tranger (t'arranger). Aqqa a plus de sac dans sa tour… enfin tu caprands ? »

Je ne réponds pas. Je sors et cherche la « tata ». Elles se ressemblent toutes. Aqqa me rejoint et se met à me parler comme si nous étions amis. Il évoque l'Indochine, ses faits d'armes, l'intelligence des « Chinois », car pour lui tous les Asiatiques sont des Chinois :

« Malins comme des Satans, ils sont petits comme des rats, ils courent vite, on ne les voit pas et puis ils tombent sur vous et vous égorgent. J'ai tué beaucoup de Chinois. Il y en avait partout. Le soir quand je rentrais dans ma "tata", je regardais sous le lit des fois qu'ils se cachent là. C'est moi qui ai construit les "tatas" ici. C'est ce que m'a donné l'Indochine. Le colonel François m'a appris plein de choses. Un homme formidable. Lui aussi aimait tuer les Chinois. Un jour il a été rappelé. Il a été envoyé en Algérie tuer nos frères. Depuis ce jour, je ne l'aime plus. Moi, pour me venger, j'ai aidé nos frères algériens. Tout ça c'est de la "bolitique". »

Dans la « tata », je dors à même le sol. De toute façon il n'y a pas de lit, mais j'aurais pu étaler mes habits et dormir dessus. Je suis si fatigué que je m'endors tout de suite. Je ne fais aucun rêve.

Le réveil est à six heures. Je sens l'odeur de quelque chose qui de loin ressemble à du café. Une eau sale, chaude et sans goût. Le pain est aussi dur que celui de la veille. Heureusement qu'il y a une part de Vache qui rit. Je l'avale et lèche le papier.

Je sens que je suis devenu petit. Sans ma chevelure, je me sens rabougri, écrasé ; une punaise, un insecte entre les mains des brutes. Tondu comme un mouton, comme un condamné à mort. Je me souviens de l'histoire de « Samson et Dalila » et de la puissance contenue dans la chevelure du héros. Plus de cheveux, plus de force. J'en conviens, je suis devenu quelqu'un d'autre, il faut que je maintienne ce statut sinon je suis fichu, ce qui m'arrive concerne une autre personne, je suis un prête-nom, une doublure, une ombre, un fantôme. Je ne dois rien sentir et surtout ne rien ressentir ; je ne dois pas penser mais accepter ce qui arrive avec légèreté. Je me répète : ce n'est pas moi, ce n'est pas moi. Je passe la main sur mon crâne où des croûtes de sang coagulé se sont formées. Le pauvre, on l'a massacré. Ça y est, je ne parle plus de moi, l'autre est là, la main qui glisse sur le crâne n'est pas la mienne et le crâne n'est pas le mien. Je suis en train de m'éloigner de moi, de tanguer, de dériver vers d'autres eaux, je ne suis plus là, je me joue une farce, un drame où il vaut mieux rire, je cours et m'efforce de quitter ma peau qui résiste. Je reçois un coup dans le dos. C'est « Hajjam » qui me dit : « Vezète médécale tot de suite. »

Visite médicale

Le médecin, un jeune Français, examine les dernières recrues. Il est de mauvaise humeur. Pas contre nous, mais contre les militaires qui l'emploient. Je me mets tout nu, il m'examine, constate une malformation d'un de mes testicules. Il me pose des questions. Il m'arrive d'avoir mal dans la couille gauche. Il me dit : « Vous devez aller à l'hôpital. » Il écrit sur une feuille le mot « épididyme » puis décide qu'on doit me libérer. Il tamponne un formulaire et le signe : exempté. Mot magique. Tous les enrôlés en rêvent. Ça se prononce *xza* et ça suffit pour vous faire comprendre que vous êtes libre.

« Rentrez chez vous. Vous n'êtes pas bon pour le service. »

Le pauvre ! Il ne doit pas savoir ce qui se passe dans ce camp. Je ne dis rien. Je me rhabille. Je sors en souriant. J'ai un document officiel qui me permet de repartir chez moi. L'histoire de la couille ne m'inquiète pas. Je ne sens rien. Grâce à cette couille mal foutue, je vais être sauvé du camp.

Sur le chemin qui mène chez le capitaine, je rencontre Aqqa. Je me dis, il est partout, il sait tout, il contrôle tout. J'ai peur. « Où tu vas ? — Je vais voir le capitaine Allioua. — Pourquoi ? Parce que le médecin m'a dit d'aller le voir. — Il t'a donné un papier ? — Oui. — Montre. » Il prend le papier à l'envers, le remet à l'endroit, et dit : « Ah, toi : "xza" ! » Je réponds que je ne sais pas.

« Va voir le capitaine, il sera content d'avoir un "xza" ce matin. »

Le capitaine Allioua est un homme du Nord, de Souk-el-Arba je crois. C'est lui qui me le dit : « Nous sommes presque voisins, toi de Tanger et moi de Souk-el-Arba. » Il a l'air courtois, un garçon de bonne famille, on voit qu'il a été bien élevé et je me demande ce qu'il fait dans l'armée. Il me parle de sa ville et de sa grand-mère qui vient de la région de Fès. Je me demande pourquoi il me raconte tout ça. Puis il s'approche de moi et me dit sur un ton plus ferme :

« Donne-moi le papier du docteur. Ah, tu es "xza" ! C'est bien, ça ! Tu vas pouvoir repartir chez toi, tu en as de la chance. "Xza" ! Pourtant tu as les joues roses, t'es un gars solide on dirait ; mais si t'es "xza", alors t'es "xza". C'est rare, les gars "xza" ! Ça me fait plaisir d'avoir en face de moi un vrai "xza", parce qu'il y a des tricheurs, des petits voyous qui essaient de se faire passer pour fous, mais je ne suis pas dupe, je les envoie dans un hôpital de fous, et là ils le deviennent vraiment… Toi tu es honnête. C'est le médecin francaoui qui a bien fait son auscultation. Tu es "xza" ! Quelle chance ! Tu es content ? Dis-moi ce que tu ressens de pouvoir t'échapper de ce petit enfer concocté par l'adjudant Aqqa, l'homme au crâne tondu… »

Il se met à rire à grands éclats, ce qui m'inquiète.

Pendant qu'il me parle, il déchire en petits morceaux le certificat médical qui m'exempte du service au camp.

« Tu vois, tu n'es plus "xza" ! C'est magique. Il y a une minute tu étais "xza", là tu ne l'es plus, espèce de pédale. » Il s'apprête à me donner un coup de pied. « Allez, fous le camp et je ne veux plus te voir ici. »

Au retour à la « tata », Aqqa m'agrippe et me dit : « Tu n'es plus "xza" ! C'est pas bien ça. Tu es dans la section deux. Tu retrouveras tes petits camarades, les communistes, les traîtres, les femmelettes… On va s'amuser. Rappelle-toi les Chinois. Eh ben, pour moi, vous êtes des petits Chinois moins le courage… »

Les punis de Sa Majesté

Mon numéro de matricule est le 10 366. Je m'en souviens encore aujourd'hui. Tous ceux dont le numéro commence par 10 300 sont des punis du roi. Ce n'est ni écrit ni dit, mais la punition, le redressement, la leçon, la mise au pas, tout cela est dans les têtes. Qu'avons-nous fait de si grave ? S'organiser légalement, manifester pacifiquement, réclamer liberté et respect. Être nous-mêmes, sans doute avec beaucoup de naïveté et d'illusions. Il paraît que nous ne sommes pas les seuls dans ce cas. En Égypte, Nasser envoie les opposants marxistes dans le désert et les confie à des psychopathes pour les maltraiter.

Nous sommes deux sections de punis, de 45 et 49 membres. Tous des étudiants, sauf un haut fonctionnaire, ingénieur agronome qui se trouve là pour avoir refusé une affectation décidée par le Palais, ainsi qu'un professeur d'université soupçonné d'être parmi les organisateurs et les meneurs des manifestations du 23 mars

1965. Nous autres, nous appartenons pour la plupart aux différents bureaux de l'Unem, un syndicat étudiant connu pour ses prises de position à gauche. Dès que j'ai vu Aqqa, j'ai réalisé la profondeur du fossé qui nous sépare. Ce n'est ni nouveau ni original : face à la sensibilité, à l'intelligence, le pouvoir oppose la brutalité et la stupidité. La première arme, c'est l'humiliation, cette violence consistant à nous déclasser, à nous mettre au bord du gouffre et à nous menacer de nous envoyer un coup de pied dans le ventre. Je fais appel à mes souvenirs de lecture ; je ne sais pas si je récite fidèlement ce que j'ai lu ou si j'invente les phrases. Je pense à Dostoïevski, à Tchekhov, à Kafka, à Victor Hugo…

Les militaires ont reçu l'ordre de nous remettre sur le droit chemin, celui décidé par le régime. À cette fin, un programme de maltraitance et d'humiliation a été préparé par la cellule de sécurité au ministère de la Défense nationale. Les sous-officiers qui ont été recrutés pour s'occuper de nous ont en commun de parler tous un français très approximatif, à la différence des punis dont ils ont la charge. « *Rassema* » pour « Rassemblement », « *Akamadma* » pour « À mon commandement », « *oune, dou* » pour « Une, deux », etc.

À leurs yeux, nous avons la tête dure. Aqqa et ses acolytes sont là pour nous la ramollir. Et la vieille lame qui nous rase le crâne est un avant-goût de ce que les militaires de Sa Majesté nous réservent.

Des scènes des films de Charlie Chaplin défilent dans ma tête. Pourquoi le brave Charlot me rend-il visite en cette terre ingrate et souillée par des militaires abjects ? Je ris en douce ; je suis même content d'avoir ces visions en ces instants difficiles. Le petit bonhomme qui réussit à ridiculiser des brutes qui le persécutent me hante. Ce génie a vengé des millions d'humiliés dans le monde. Voilà, c'était cela sa mission, son dessein. Merci Charlot.

Des pierres lourdes sous le soleil

Le commandant du camp, Ababou, que nous n'avons pas encore vu, a décidé de construire, à cinq kilomètres de la sortie nord du camp, un mur de cent cinquante mètres de long et de cinq mètres de haut. Un mur dont personne n'a besoin. Un mur absolument inutile, absurde au milieu des champs, un mur pour justifier le transport de grosses pierres par les punis. Pourquoi ne pas être utiles et construire des maisons pour les paysans dont les logements s'écroulent chaque hiver après la pluie ? Pourquoi ne pas se rendre vraiment utile à des gens qui ont besoin d'être secourus, aidés ? Pourquoi… Je m'arrête de penser. Nous sommes en territoire de l'absurde ; rien à dire, rien à proposer. Ababou doit être fier de sa trouvaille : un mur pour rien, comme ça, un mur érigé puis détruit. Un exercice gratuit de maltraitance.

Un camion déverse des amas de pierres de taille apportées de l'extérieur du camp. On nous donne un morceau de toile d'un mètre carré environ. On y dépose les pierres, on fait une sorte de nœud avec les quatre bouts du tissu et on transporte sur le dos le chargement dont le poids varie entre vingt et trente kilos. L'acheminement est réalisé de préférence au moment où le soleil tape le plus fort. Celui qui tombe reçoit un coup de bâton suivi de plusieurs coups de pied. Il faut faire vite. On nous oblige à presser le pas. Pas d'eau à boire. Pas de halte. Les cinq kilomètres doivent être parcourus en moins d'une heure. Comme dit Aqqa, « à ptites folis » (à petites foulées). Les sergents qui nous accompagnent nous insultent : « C'est à cause de vous que nous aussi nous sommes punis ! » On arrive, on décharge. J'ai mal au dos, j'esquisse quelques mouvements pour atténuer la douleur. Un sergent me voit, se précipite sur moi et me donne un coup de bâton sur la nuque. J'ai failli tomber et ne pas me relever. Il m'insulte puis crache par terre. Silence dans les rangs. Même nos regards sont surveillés. La chemise colle à la peau. Quelqu'un réclame un peu d'eau. Pas d'eau ! Pas question de repartir la toile vide, légers. Il y a du sable et du bois à rapporter. Nous reprenons notre fardeau et nous nous dirigeons vers le camp. À peine le chargement déversé, on nous donne de nouvelles pierres à transporter. Nous avons le droit de boire une petite ration d'eau.

Après une semaine, le mur est construit puis aussitôt abattu. On doit rapporter les pierres au camp, des camions sont là pour les renvoyer là d'où elles ont été prises. De nouveau, on court, on charge et on rebrousse chemin, les pierres toujours sur le dos.

Cette opération dure une quinzaine de jours. Ce n'est qu'à la fin que le commandant Ababou nous réunit et nous tient le discours suivant :

« *Balkoum !* (Garde-à-vous). Vous êtes là pour apprendre à aimer et à considérer votre patrie. Vous êtes là pour mériter d'être sous ce drapeau magnifique. Vous êtes là pour apprendre et pour oublier. Apprendre à obéir, à servir, apprendre la discipline et l'honneur. Oublier les têtes chaudes, les idées pernicieuses, la lâcheté et la fainéantise. En arrivant ici, vous êtes des femmelettes, en repartant, si toutefois un jour vous repartez, vous serez des hommes, des vrais, pas ces espèces d'enfants gâtés nourris au lait en poudre importé et au yaourt. Ici vous n'existez pas, vous êtes un numéro de matricule. J'ai tous les droits sur vous et vous n'en avez aucun. C'est comme ça, celui qui n'est pas content n'a qu'à avancer. Je m'appelle commandant Ababou. Je suis le chef de ce camp. Tout passe par moi. L'adjudant-chef Aqqa ici présent est mon second. Il est moi quand je ne suis pas là. Je ne vous conseille pas de le contrarier et encore moins de lui désobéir. Il ne connaît que la force, les coups, la violence qui réduirait n'importe qui à l'état animal. Compris ? Rompez ! »

Juste avant qu'il hurle « rompez », un malheureux s'est avancé. Le commandant le bat avec sa cravache jusqu'au sang, il lui donne des coups de pied qui le font tomber et s'acharne sur lui en insultant sa mère et son père et tous ses ancêtres. Le commandant tout en sueur bave, crie et ne sait même plus où frapper. Aqqa intervient et arrive à faire cesser le supplice de l'inconscient qui a osé s'avancer en signe de protestation.

Ababou est un type de taille moyenne, assez costaud, les yeux brillants, la démarche assurée et le regard net, dur, sans la moindre hésitation. Il repart comme si rien ne s'était passé. Deux soldats emmènent le gars à l'infirmerie. Deux côtes cassées et une dent perdue. Nous sommes effrayés mais pas étonnés. Pas besoin de commentaires. De toute façon, nous devons probablement être écoutés, surveillés et dénoncés à la moindre pensée contestataire. Ababou lit dans nos esprits.

Nous avons compris la leçon. On est là pour obéir et se taire, baisser la tête et se mettre au garde-à-vous dès que l'ordre en est donné.

Je regarde autour de moi. Nous sommes tous consternés et tétanisés par la peur. C'est un sentiment qui ne ressemble en rien à ce qu'on a connu. Ici, c'est la violence, les coups, le sang et peut-être la mort. Nous sommes cernés par la haine et la brutalité. Ces militaires ont dû être choisis avec soin. Peut-être qu'on est allés les recruter dans les hôpitaux psychiatriques. Une chose est sûre, l'armée ne peut pas être une machine à punir et à maltraiter. En tout cas, Aqqa et ses acolytes sont fiers de leur rôle. J'ai la peur au ventre, et elle va être là pour un bon moment. À vingt ans on n'a pas envie de cramer sa vie et de provoquer un fou furieux capable de nous massacrer. Nous sommes dans ce camp isolés du monde. Aucun moyen d'appeler au secours, personne ne nous entendra, personne ne viendra nous sauver. Camp retranché, territoire fermé. À beaucoup de familles ils ont prétendu que nous faisions un service militaire. Mais personne n'est dupe. Cette obligation n'existait pas avant notre arrestation. Ils l'ont inventée pour dissimuler leur tentative de redressement d'une jeunesse un peu trop vive à leur goût et qui a osé manifester contre des décisions iniques prises par le ministère de l'Éducation nationale. C'est la première fois que le régime se sent contesté. La monarchie n'en a pas l'habitude. Nous sommes là pour l'exemple.

Ce qu'on nous donne à bouffer me fait mal. Je ne suis pas douillet, mais mon estomac réagit aux produits avariés. C'est normal. Alors j'évite de manger. Malgré tout j'ai depuis hier une diarrhée douloureuse. Les toilettes sont l'endroit le plus dégueulasse du camp. Ce sont des chiottes à la turque. Un trou. De temps en temps un rat surgit, affolé. Je hurle. Il m'est arrivé de me retenir un jour entier pour ne pas devoir me rendre dans cette décharge horrible.

Certains font leurs besoins dans la nature. Mais s'ils se font attraper, ils risquent la prison. Quelqu'un nous a dit qu'au mess des officiers il y a des toilettes propres. Comment y accéder ? C'est un territoire interdit. Quand nous passons à côté, nous sentons les odeurs de la bonne cuisine, mais nous n'avons pas le droit de nous arrêter devant et encore moins d'y entrer. Un de nos compagnons fait glisser son pouce sur son index, ce qui signifie corruption. Il sous-entend que si on donne un bakchich au soldat à l'entrée en dehors des heures d'ouverture il nous laisse chier proprement. Certains se retiennent jusqu'au moment où le gardien fait signe d'avancer en sifflant. Nous sommes tous prêts à payer pour chier en paix !

La corruption règne partout, y compris dans ce camp de malheur. Mais il faut faire très attention.

Il y a parmi nous un gars à la peau très blanche et quasi imberbe. Il lui arrive d'être convoqué par un des officiers puis il revient une ou deux heures après. Il refuse de répondre à nos questions. Nous décidons de le mettre en quarantaine. Que fait-il durant ces heures d'absence ? Rend-il compte à l'officier de ce qui se dit ou de ce qui se trame dans les chambrées ? Un jour, nous comprenons d'un coup : il se fait baiser par le lieutenant. Lorsque l'un de nous lui en parle, il se met à pleurer comme un enfant pris en faute. Il pleure tellement que nous le laissons en paix. « Il pourra nous être utile », dit même quelqu'un dans nos rangs. Tout en nous méfiant de lui, on lui manifeste de la sympathie. Ce n'est de la faute de personne s'il aime coucher avec le lieutenant. Cela le regarde. Pourvu qu'il ne devienne pas un indicateur.

Des manœuvres sous la pluie

« *Rassema* » (rassemblement) à quatre heures. « *Rivail* » (réveil) à trois heures. « *Paktage pri* » (paquetage prêt) à trois heures et demie. « *Sakado compli* » (sac à dos complet). Toujours les mêmes ordres, hurlés par un caporal analphabète envoyé là pour humilier des étudiants, des intellectuels. Aujourd'hui c'est « Hajjam », celui qui m'a rasé le crâne à mon arrivée. Avoir « la boule à zéro » fait partie du programme. Nous parler dans un français ridicule et approximatif aussi.

La chambrée de cent « soldats » est commandée par l'un de nous à tour de rôle. Abdenebi, un type mince et intelligent, prend la tête de la chambrée. C'est un militant, sans doute, communiste. En tout cas il joue son rôle avec un grand sérieux. On voit la discipline acquise dans la cellule d'un parti. Pas d'état d'âme. Il a endossé l'habit militaire et agit exactement comme les soldats qui ont la mission de nous faire mordre la poussière. Il nous prévient : « J'éteins les feux à vingt et une heures. Je veux que tout le monde soit debout devant son lit à trois heures. Quant au reste, le caporal Hmidouch vous a prévenus. » Lui connaît le nom du sous-officier que j'appelle Hajjam ! Je me pose des questions sur sa surprenante capacité à entrer dans la peau d'un chef. Peut-être qu'Abdenebi est de la race de ceux qui aiment donner des ordres, commander, diriger, ne pas être contestés, être obéis… Je ne me vois pas en train de gouverner cette troupe. Ce n'est pas la première fois que je découvre mon allergie à commander. Quel plaisir éprouve-t-on à donner des ordres et à se voir obéir ? Ça ne m'intéresse pas et en même temps je déteste être de l'autre côté. J'ai toujours aimé non seulement la liberté mais également la fantaisie. L'ordre me fait peur. Le désordre aussi. J'ai besoin de me sentir assez libre pour rêver, imaginer, danser dans ma tête, sortir des rangs, ne porter aucune étiquette, être imprévisible, insaisissable… La poésie d'Arthur Rimbaud m'a ouvert l'esprit et m'a donné du courage pour oser rêver et trouver les mots les plus inattendus pour dire les choses. Quand ce sera mon tour de diriger les punis, ma souffrance va être encore plus dure, car je n'ai aucune disposition pour jouer au soldat ou à l'officier et donner des ordres.

Nuit courte. Nuit d'inquiétude. Nuit sans sommeil, sans rêves. Je respire lentement pour me détendre. J'imagine un champ de blé traversé par d'immenses papillons. Je vois une sirène glisser délicatement sur la surface de la mer, une mer si calme, si bleue, si belle. Je me vois l'été sous un olivier en train d'écrire des poèmes. Je tends la main et je touche l'herbe. Je lève les yeux vers le ciel et des étoiles filent à toute allure. Je convoque l'image de ma fiancée et je la caresse. Je ne ressens rien. Ma libido est au point mort. Puis l'odeur des hommes me ramène à la réalité. La chambrée, faite normalement pour une quarantaine de lits, en contient bien plus du double. Tant d'hommes assemblés dans un si modeste espace rendent l'air lourd de vilaines odeurs. Il paraît que l'être humain s'habitue à tout. Je dois supporter ces puanteurs sans broncher, l'odeur de la transpiration est suffocante. De toute façon, cela ne servirait à rien de protester. Aqqa ne va tout de même pas nous installer chacun dans une chambre individuelle. Ce n'est ni un hôtel ni un cimetière. C'est un camp où nous devons recevoir des coups aussi bien physiques que psychologiques. Et il faut nous secouer violemment parce que nous sommes des enfants gâtés. Même si moi et nombre de mes camarades venons d'un milieu pauvre, les soldats nous jettent des regards haineux. Le simple fait que nous ayons suivi des études les rend mauvais et jaloux.

Où nous emmènent-ils ? Pourquoi ces préparatifs ? Nous n'avons pas le droit de poser des questions. Interdit de se renseigner, interdit de prendre la parole, on n'est pas dans une assemblée générale. Interdit de se réunir. Pas le droit de former des petits groupes. Interdit de soupirer, de faire une remarque, interdit d'avoir l'air contrarié, interdit de rire aux éclats. Ils pensent qu'on se moque d'eux. Il faut observer une attitude neutre, celle de la soumission. Pas de discussion. Abdenebi est de l'autre côté, il marche et parle comme les soldats de métier, il prend goût à ce rôle, il passe dans les rangs et nous toise comme fait un capitaine, il joue, ça l'amuse, il est heureux. Il pense toujours pouvoir tirer profit de la situation. J'apprendrai plus tard que ce jeune homme s'engagera dans l'armée et qu'il mourra au Sahara dans une attaque menée par des mercenaires au service de l'Algérie.

Je réclame en silence la bénédiction de mes parents, je prie Dieu et son prophète, je prie le ciel et les étoiles, je prie les forêts et la mer, les jardins et les potagers, et je compte les minutes. Je ne regarde ni à droite ni à gauche. Je suis ce que Aqqa veut que je sois : un soldat soumis en voie de devenir un homme ! Je ne savais pas que nos parents avaient fait de nous des moitiés d'homme. Aqqa est là pour achever le travail. On devrait le remercier, peut-être lui baiser la main, lui ériger une statue au milieu du camp, mais le commandant ne serait pas d'accord. J'imagine Aqqa en statue de granit, la tête à l'envers, posée sur le sol, les pieds dirigés vers le ciel. Ça, ça serait de l'art qui provoquerait des réactions violentes. Un adjudant-chef à l'envers, jamais à l'endroit. J'imagine son patron Ababou donner l'ordre d'arrêter l'artiste et de briser en mille morceaux l'œuvre en question. Ici, on ne plaisante pas. Ici, on ne crée pas. On n'invente pas. Toute imagination est interdite. Ici, on obéit, un point c'est tout.

Quatre heures du matin. Nous sommes tous prêts. Il pleut des cordes. Les deux sections sont alignées, fusil au pied (des Mas 36), sac à dos sur les épaules, avec une douzaine de kilos de charge. On nous distribue du pain rassis à avaler sur-le-champ et du fromage. Le cachiche, mélange de grains de café et de farine de pois chiche, est servi dans des gobelets en métal. Infect. Je ne vais pas m'exposer à la colère du caporal et recevoir des coups parce que le café est imbuvable. Je le bois tout de même et je ne dis rien. Aucune expression sur le visage. Pas même un minuscule rictus. Je trempe le pain dans le liquide noirâtre et j'avale. Un lieutenant arrive et nous inspecte. On retire les casques et il passe une cravache sur le crâne pour vérifier s'il a été bien rasé. Dès qu'il se rend compte que le rasage n'a pas été fait correctement, il donne un coup sec sur la tête du soldat et demande son matricule pour une punition. Il ajoute : « On ne la fait pas au lieutenant Marzouk ! » Je me demande quoi faire ? Le tromper ? Le considérer comme un imbécile ? Loin de moi l'idée de m'amuser avec cette catégorie d'hommes qui ont tant besoin d'être rassurés sur leur virilité. Ok, t'es le meilleur, le plus fort, le plus malin… T'as certainement un gros machin entre les jambes. Et après ? Et alors !

Nous sommes alignés en ordre sous la pluie battante. Trempés. Nous sommes totalement trempés. L'eau coule directement entre la chemise et la peau. Il fait froid. Il ne faut pas montrer que nous souffrons, il ne faut pas trembler, être pris de malaise. Non, on reçoit la pluie et on ne bronche pas. C'est ça un soldat en voie d'hominisation. Nous ne sommes pas des mauviettes, des femmelettes, des enfants gâtés, des mangeurs de cornes de gazelle, des corps mous, enveloppés de graisses et d'affection, nous ne sommes pas des faux hommes, des transparences.

Notre humanité est mise à rude épreuve. Je la tiens au fond de mon âme. Je me promets de ne pas céder, de résister contre cette brutalité avancée comme une valeur. Je me dis, c'est de la foutaise, c'est facile de commander quand on a le droit de vie et de mort sur les gens. C'est facile de nier l'humanité quand on lui oppose la force, les armes et la cruauté. Mais tout cela c'est du ciné, du très mauvais cinéma. Ils se prennent pour John Wayne dans ce film odieux réalisé par l'acteur, *Les Bérets verts*, une charge justifiant l'intervention américaine au Viêt Nam. Pendant que l'eau de pluie me lave debout, je pense à John Wayne qui ne m'a jamais fait rêver. En dehors des films de John Ford et de Howard Hawks, il était mauvais. Je préfère Kirk Douglas ou Glenn Ford, James

Stewart ou Rock Hudson. Je pense à eux et me demande s'ils ne sont que des images. Peut-être n'existent-ils pas ? Mes idées deviennent confuses. Signe de grande fatigue.

Le cri d'un sous-officier me ramène au camp et à l'épreuve qui nous attend. Je repense à notre humanité. La veille, j'ai pris le temps de lire les gribouillages sur les murs des toilettes. Ces militaires souffrent en silence. J'ai relevé quelques expressions intéressantes en dehors de celles concernant « la verge la plus grosse d'El Hajeb qui déchire tout sur son passage » : « c'est pas une vie » ; « je rêve de la vie » ; « je me coupe un doigt pour sortir de là » ; « que Dieu maudisse l'armée » ; « Aqqa est Satan » ; « Aqqa baise le commandant » ; « pas d'avenir » ; « l'enfer est là » ; « mourir... » ; « sauter sur une bombe » ; « vive la liberté » ; « plutôt crever que donner son cul » ; « des fraises et du sucre » ; « putain ! » ; « Dieu est grand » ; « Dieu nous a oubliés » ; « Ababou est petit »...

Un autre lieutenant arrive. « *Balkoum !* » Il nous explique que nous allons participer à des manœuvres. Nous sommes le groupe vert. Il faut battre le groupe rouge. La guerre sera rude. « Préparez-vous à de vraies batailles. Cette fois il n'y a pas de balles à blanc, il n'y en avait pas au magasin, alors faites en sorte de les éviter ! Ce n'est pas un jeu. C'est du sérieux. C'est comme ça qu'on devient un homme. » Ils en savent des choses sur ce qu'est un homme et ce que n'est pas un homme.

Avant de partir, il nous dit cette dernière précision qui me glace : « La loi permet jusqu'à 2 % de morts. Dans votre cas, elle peut aller jusqu'à 5 %. Vous êtes prévenus. Répétez la *chahada* : "Il n'y a de Dieu... que Dieu... et Mohammed est son prophète". » Nous répétons cette profession de foi que tout musulman doit prononcer à l'approche de la mort. Cette mise en scène a été bien étudiée. La trouille est là puisque la mort est possible au bout de cette longue journée.

Silence dans les rangs. J'ai peur. La pluie est de plus en plus forte. Je suis mouillé intégralement. Je sens l'eau couler dans mon dos, passer sur mes fesses et ressortir par les pieds. Je tremble. Mourir sous la pluie pour rien. Envie d'une boisson chaude, même de l'eau chaude, ça fera l'affaire.

À cinq heures on se met en route. Le ciel est noir. La pluie est notre compagne assidue. Nous marchons durant deux heures. Nous sommes loin du camp. Nous gagnons les montagnes. On nous dit que l'ennemi est de l'autre côté. Il peut attaquer d'un moment à l'autre. Notre lieutenant décide que nous attaquerons les premiers. Il donne l'exemple, lance une grenade qui explose. Des tirs s'ensuivent. C'est la guerre. Je suis de plus en plus certain que ces manœuvres sont un piège pour que l'armée se débarrasse de nous. Nous nous regardons. Certains sont de mon avis, d'autres – les politiques – nous assurent qu'ils ne pourront jamais faire ça. Pas le temps de réfléchir, de parler, il faut courir se cacher, il faut tirer dans n'importe quelle direction. La pluie est toujours là. Je pense à une chanson de Jacques Brel où il parle de la mort en hiver. Mourir, pour qui, pour quoi ? Ça me donne une énergie extraordinaire ; je me mets à courir de toutes mes forces, je tombe, me relève et continue. Je me planque derrière un arbre. Un copain me rejoint. Il me dit que c'est un jeu, que les balles sont à blanc. Je n'en suis pas sûr. Pourquoi nous prévenir de l'éventualité des 5 % de morts ? Ils ont le droit pour eux. Nos familles ne savent rien de ce que nous endurons. Elles pensent que nous accomplissons notre service militaire comme ça se passe dans les pays civilisés. Elles ne soupçonnent pas la mascarade que l'armée du roi a trouvée pour nous éliminer. On tire encore quelques coups de feu. Nous sommes rejoints par les autres. On nous signale un blessé. Je regarde mon copain et lui dis : « Balle réelle, mon ami ! »

À partir de là, nous décidons qu'on ne se fera pas descendre comme des canards dans une chasse. Vers dix heures, repos de quinze minutes. On nous donne du café et du pain. Le lieutenant nous apprend que de l'autre côté il y a eu plusieurs blessés, peut-être un mort. Il parle dans un talkie-walkie. Langage codé. La pluie a cessé de tomber. Nous pataugeons dans de la boue. Le sac à dos pèse encore plus lourd à cause de la pluie.

La peur s'est transformée en un courage étrange. Tout en marchant je compose un poème dans ma tête. Je me promets de le transcrire si je survis. Je ne sais pas pourquoi mais je pense en ces moments terribles à la fille que j'aime et qui m'a quitté. Je lui pardonne et je voudrais la voir une dernière fois. La serrer contre moi, sentir sa poitrine, enfouir mon visage dans sa longue et belle chevelure, respirer son parfum, embrasser ses yeux qu'elle fermait quand elle se donnait, ne rien dire, surtout pas de mots, pas de reproches. La coucher sur l'herbe et parcourir son corps de baisers en sachant que c'est la dernière fois que nous nous retrouvons. Cette idée m'obsède. Une dernière rencontre, un dernier baiser, une dernière fois comme le condamné qui attend le lever du jour pour avancer les yeux bandés vers son destin. Je sens des larmes monter, mais je les retiens. Qui n'a pas rêvé un jour de vivre une ultime étreinte, la dernière phrase d'un roman d'amour banal et pourtant si puissant ?

Je décide de me contenter des souvenirs, de les étaler devant moi et de les contempler avec tristesse. Des images incongrues se mêlent à mon petit spectacle. Elle, toujours elle, dans les bras d'un autre, riant aux éclats, courant sur la plage vide de Tanger, dénouant ses cheveux puis tombant sur le sable, attendant que son amant vienne la prendre. Je chasse tout cela de ma tête et me tourne vers un autre horizon.

Ma tête est pleine de références littéraires et cinématographiques. Cela me donne de l'énergie et l'envie de ne pas me faire tuer. Je suis vidé. Plus de force. Je m'écroule. On me ramasse et on me dépose contre un tronc d'arbre. Un sergent arrive et me traite de « femmelette ». Je ne réponds pas. Un autre sergent me donne une pastille orange à croquer, ça doit être de la vitamine C. Je me relève et suis la troupe.

Midi, pause déjeuner. Sardines à l'huile, Vache qui rit, et un morceau de chocolat amer. Je regarde la date de péremption sur la boîte de conserve : elle est bien sûr dépassée. Je sens que je ne vais pas échapper au mal de ventre. « Depuis le temps que nous mangeons de la nourriture avariée même pas bonne pour les cochons, nous sommes immunisés », me dit mon voisin. Il rote et termine mes sardines. S'ensuit une grande agitation. Quelque chose de grave s'est apparemment produit. Peut-être que des soldats sont vraiment morts. Une jeep conduite par un médecin (on le reconnaît grâce à son béret rouge) roule vite. Balles réelles. Mort réelle.

Les manœuvres s'arrêtent vers seize heures. Cessez le feu ! On rentre ! Mais dans quel état ?

Des loques. Des corps mouillés jusqu'à l'os,

affamés, brutalisés, poussés aux dernières limites de la résistance. On n'a pas de vêtements de rechange. On se déshabille et on fait sécher nos treillis dans la chambrée. De la nervosité dans l'air. On est à bout. Abdenebi fait l'appel. Il manque deux soldats. Il recommence. Rassemblement. L'un des deux hommes était aux toilettes, il arrive en se tenant le ventre. Il l'engueule avec une rare violence. Il part informer le lieutenant qui rend compte à l'adjudant Aqqa qui murmure dans l'oreille du commandant Ababou. Un homme manque. Je ne sais pas qui c'est. Peut-être a-t-il profité d'un moment de désordre durant la bataille pour s'enfuir.

Le soir, rassemblement de tout le camp, les punis et les autres, les engagés volontaires, les soldats de métier. Comme dans un spectacle, tout est organisé de main de maître. Silence dans les rangs. Le ciel est noir. Les arbres figés. Les montagnes autour dorment. Le commandant Ababou arrive, suivi de ses lieutenants. Aqqa observe la scène en se mettant de côté. Un silence de plomb. Une noirceur de très mauvais augure. L'air est figé. Rien ne bouge. Soudain un corbeau traverse la cour.

Garde-à-vous ! Discours du chef :

« Les manœuvres ont été un succès. Seulement cinq blessés et trois morts. Mais il n'y a pas de blessés (il martèle), il n'y a pas de morts. Personne n'est mort, vous entendez, personne n'est mort aujourd'hui. Rompez ! Un dîner chaud vous sera servi. »

Nous n'avons jamais su qui étaient ces blessés et ces morts. Le blessé de notre groupe, lui, a disparu. On dit qu'il a été transporté à l'hôpital militaire Mohammed-V à Rabat.

À partir de ce jour-là, j'ai compris qui était vraiment le commandant Ababou et de quoi il était capable. Impulsif et colérique. Ferme et sans humanité. Brutal et cruel. Un soldat qui aspire à devenir une légende. C'est une bombe à retardement.

Je demande à mon frère de m'envoyer un livre de poche, le plus gros possible. Trois mois après, je reçois un pavé de neuf cents pages. Je l'ouvre discrètement : *Ulysse* de James Joyce. Il a ajouté une carte sur laquelle est écrit : « Y a pas plus gros. Tu as de quoi lire pendant au moins un mois ! » Ça doit être un roman sur le voyage. Je lis la quatrième de couverture : c'est une histoire qui se passe durant une journée à Dublin, le 16 juin 1904. Leopold Bloom et Dedalus se promènent dans la ville… Je me demande quel est le rapport avec *L'Odyssée*. Je plonge le soir même dans le pavé. Je me sens perdu, en même temps heureux d'avoir un ami, un nouveau compagnon. Je ne comprends pas la finalité du roman, mais je le lis lentement comme s'il avait été écrit pour un amoureux de littérature privé de sa liberté. Quand je repense aujourd'hui à ce livre, je me souviens des émotions de la lecture volée, clandestine, et de la jouissance qu'elle me procure. Je me moquais pas mal de comprendre ou non ce que je lisais. Je lisais pour lire. J'adorais avaler des pages, très bien écrites, dans ce cadre qui annulait tout ce qui pouvait rappeler la culture, l'intelligence.

Hôpital Mohammed-V

Des rumeurs circulent. Ababou est dans de sales draps. Aqqa aussi. Les maltraitances sont allées trop loin. Le général Driss Ben Omar ne serait pas content. Il y aurait eu plus de trois morts. La nourriture a été légèrement améliorée. On ne nous donne plus de la viande pourrie cuite dans de la graisse de chameau. On a même eu droit pour la première fois à du poulet. Il puait un peu, mais il était mangeable. Quelqu'un de la cantine nous a dit qu'il n'avait jamais vu ça : « L'armée achète des produits qui ne sont plus bons à la consommation ; je crois même qu'on les lui donne gratos, la preuve que c'est dangereux, on nous livre des cachets de médicaments à verser dans la marmite. » Avec l'argent de la bouffe le commandant doit acheter des caisses de vin, de la bonne nourriture importée, des caisses de fruits et de légumes frais. Après, il fait appeler des chikhates et organise des fêtes sur le dos des hommes punis.

On sait que notre santé importe peu. Nous

sommes là pour subir et regretter ce que nous avons fait dans la vie civile. Mais qu'avons-nous fait de mal ? Protester, contester, manifester ? On n'a pas cassé des vitrines de magasins, on n'a pas volé ni pillé, on a juste crié contre les inégalités, l'arbitraire, la répression. Comme dit mon père : « On n'est pas au Danemark. » Non, on est dans un beau pays accaparé par un roi et ses sbires. Ils sont nombreux et divers, ces gens qui servent la monarchie en se mettant à plat ventre, en répudiant toute dignité, et veulent que tout le peuple soit à terre, comme eux, soit comme une serpillière ou au mieux un tapis sur lequel le monarque s'essuie les pieds.

La première phrase d'*Aden Arabie* de Paul Nizan tourne dans ma tête comme le néon d'un hôtel qui s'allume et s'éteint toutes les secondes : « J'avais vingt ans. Je ne laisserai personne dire que c'est le plus bel âge de la vie. »

Oui, j'ai vingt ans et je ne sais pas si un jour je sortirai de cet enfer. Je répète cette phrase comme un fou. Je pense à mes parents qui n'ont aucune nouvelle de mon état. Je pense à la femme que j'aime qui maintenant doit être avec un autre. Cette absence est douloureuse. Ma fiancée me manque et j'imagine qu'elle n'est plus accessible, qu'elle a choisi de vivre sa vie. Notre amour ne devait pas être assez fort, assez solide pour résister à mon drame. Pourtant notre rencontre a été un coup de foudre, un émerveillement, une passion. Nous avions le même âge ou presque. Elle avait six mois de moins que moi. On se cachait pour s'embrasser. Nous nous aimions dans la frustration, dans le manque. Il fallait faire attention. Les gens parlent et médisent. Un jour, alors que nous nous embrassions sous un arbre dans un champ en dehors de la ville, nous avons été attaqués par des gamins qui nous jetaient des pierres en nous insultant. Je la couvrais tout en fuyant. Une semaine avant mon arrestation, son père est venu voir le mien. Il lui a dit (mon père me l'a assez répété) : « Votre fils fréquente ma fille. De deux choses l'une, ou bien c'est sérieux et on fait les papiers, ou bien c'est pour passer le temps et dites à votre fils de ne plus s'approcher de ma fille. » Cet homme était grand de taille, assez imposant et surtout trop grave. J'ai convaincu mes parents de faire la demande en mariage. Des papiers furent signés. Nous étions officiellement fiancés. Pour la première fois nous nous sommes promenés dans la ville en nous tenant par la main et nous avons pris un jus d'orange à la terrasse du café Pinot. Drôle d'absence. Étrange pensée. Elle me manque alors qu'elle ne m'appartient pas.

Nous sommes sûrement tenus pour morts ou disparus. Si cela continue encore à ce régime, j'ai prévu de mourir. C'est la première fois que l'idée du suicide me traverse l'esprit. J'ai repensé à ce poète français qui disait vivre « la mort en bandoulière ». Une idée pour ne pas tourner en rond : envisager le droit de se supprimer avant que l'humiliation ne devienne insupportable. Je me dis que l'islam interdit qu'on attente à sa vie. Toutes les religions condamnent le suicide. Un défi au Créateur. Une provocation contre Dieu. Mon sentiment religieux est très mince. Personne ne parle de l'islam. D'ailleurs, il n'y a pas de mosquée dans le camp. Normal : nous sommes considérés comme des mécréants. Nous ne sommes pas de bons citoyens. Oser contester c'est comme oser être athée ou agnostique.

À l'heure de l'entraînement j'ai vu, en passant, un soldat destiné à crever sous le soleil : il a été enterré dans le sable jusqu'au cou, la tête face au soleil, des pierres lourdes posées sur sa poitrine. En le voyant ainsi, j'ai eu un sentiment de frayeur et de révolte. Qu'a-t-il fait le malheureux pour mériter cette torture ? Il a désobéi à Aqqa, on n'en sait pas plus.

Il fait une chaleur atroce. J'ai le vertige. Je trébuche et me relève. Je me dis qu'il faut résister. Ici les faibles sont éliminés comme dans les camps de concentration. Ce malheureux soldat a dû mourir de crampes et de difficulté à respirer. Il n'avait même plus la force de crier.

Je tombe malade. Forte fièvre. Tremblements. À l'infirmerie, on me donne des cachets. Un copain de Tanger est au plus mal. Il a été transporté à Rabat. Ma fièvre passe mais j'ai toujours des coliques. Je n'ai plus d'appétit. Je ne mange que du pain trempé dans ce café infect. J'ai pris la mauvaise habitude de manger très vite. Avaler plutôt que manger. Je me fais porter pâle plusieurs jours de suite pour éviter d'autres travaux. Après la corvée des pierres, ils ont inventé la corvée de peinture ; étaler à la chaux sur toutes les « tatas ». Je me sens de plus en plus faible. J'ai des vertiges. J'ai du mal à rester debout longtemps. Je me dis que je vais mourir sans revoir mes parents, mon frère, sans avoir parlé à ma fiancée, sans voir la mer, je vais mourir dans un lit de pierres… C'est parce que je suis malade que je repense à ma fiancée et à sa trahison. À vingt ans, on n'attend pas un amour éternel. Elle était trop belle, excessive, un peu folle pour se ranger et attendre. C'est dans l'absence qu'on découvre l'intensité de l'amour ou ses ravages. Mais il ne faut pas que je me laisse submerger par la mélancolie et le désespoir.

Le copain de Tanger est revenu, guéri. Il me dit que l'hôpital de Rabat est une bonne planque. Je maigris. J'ai de la fièvre de temps en temps. Je consulte. Je tombe sur le médecin français, qui ne me reconnaît pas. Je lui rappelle ma visite, l'histoire de la couille gauche. Là il se souvient. Je lui parle des sévices et tortures dont nous sommes victimes. Il me dit à voix basse : « Je sais. » Je lui demande s'il peut m'envoyer à l'hôpital Mohammed-V. Il téléphone, puis me fait une ordonnance et une lettre. « En principe, demain, vous partez. » Je me souviens de son visage mais plus de son nom.

Je fais le voyage El Hajeb-Rabat dans un camion militaire qui doit livrer des marchandises. Je ne pose pas de questions. Le chauffeur fume sans arrêt. Quand il ne fume pas, il parle en berbère avec son copain. Moi, je suis assis sur une caisse et je ne tiens pas en équilibre. Par un trou dans la bâche je vois le paysage. Des vaches et des brebis sont dans les champs, je les envie. Elles sont libres. J'ai mal à l'estomac. Je vomis sur la marchandise. Le copain du chauffeur m'insulte. Je ne réponds pas.

Une fois à l'hôpital, le chauffeur et son copain me laissent dans le camion et me disent de ne pas bouger. Ils tardent. Au bout d'une heure, ils reviennent avec un infirmier qui signe des papiers. Je descends et me voilà entre les mains de cet homme en blanc qui commence par me proposer du café et du pain trempé dans l'huile d'olive. Il me dit :

« T'as fait les dernières manœuvres ?

— Oui.

— Tu as eu de la chance, t'es pas mort ! »

Non, je ne suis pas mort et c'est en effet une question de hasard, un coup de chance. Je me sens libre tout en sachant que je n'ai aucun droit. Devant un bureau, j'aperçois une femme en blanc en train de parler au téléphone et de rire. J'ai envie d'appeler ma mère, juste entendre le son de sa voix, la rassurer, lui dire que tout se passe bien… l'infirmier comprend ce que je désire :

« Faut pas rêver, mon vieux, t'as pas droit au téléphone, moi non plus d'ailleurs. »

Depuis ce jour, j'ai un grand respect pour cet appareil. Je me suis renseigné sur celui qui l'a inventé et je rêve d'écrire son histoire. L'inventeur du téléphone est un Italien du nom d'Antonio Meucci, et non pas Graham Bell comme on nous l'apprend. Qu'importe, ce n'est pas un Arabe ! Je me souviens de ma mère qui appelait cet objet « le petit esclave noir » installé tout près de son lit ; elle me disait : « J'adore sa musique même si ce petit malin n'apporte pas que des bonnes nouvelles. »

Je renais. Je revis. L'arrivée dans cet hôpital militaire donnant sur l'océan Atlantique est une libération. Je n'ai plus mal. Même ma migraine m'a lâché. Mon cas est complexe. Cette histoire de couille intrigue un médecin. Il m'examine, palpe mes testicules, me demande si je n'ai pas reçu un coup de pied violent dans les parties. Je dis oui. Je ne me souviens pas exactement. Il me met en observation. Je passe des radios, je fais des analyses, on soigne mes otites, on se préoccupe de moi ; je suis devenu un objet de recherche. Je passe deux semaines, choyé, je demande du papier et un crayon. J'écris mes premiers textes sur les ordonnances de cet hôpital. Dans la chambre, nous sommes six. Mon voisin de gauche est mourant. Il est si pâle, si faible. Je remarque des touffes de ses cheveux gris sur l'oreiller. Il dort la bouche ouverte. Par moments, on entend un gémissement. Un infirmier vient et dit en nous regardant : « Il n'en a pas pour longtemps ; prévenez-moi quand son âme sort. » Je suis surpris par la formule. Je me mets à l'observer et à écarquiller les yeux pour surprendre la « sortie de l'âme ». Je le regarde fixement. Rien ne sort. Je me fatigue et essaie de m'endormir. Tout d'un coup, j'entends un cri vite étouffé. Ça y est « l'âme est sortie », mais je ne l'ai pas vue.

Au terme de ces deux semaines un sergent vient me chercher. Nous faisons le voyage dans une jeep. Une fois sortis de Rabat, il se met à me poser des questions. Je me dis que je suis tombé sur un de ces militaires des Renseignements. Peut-être. Il veut tout savoir, les raisons de la punition, ce que je pense de l'armée, est-ce que ça me dirait de m'enrôler comme il l'a fait, est-ce que je vais me marier, quelle arme je préfère, est-ce que j'aime repasser les chemises grises, quelle est la maladie qui m'a fait séjourner dans l'hôpital, est-ce que je possède un passeport, quels sont les pays que j'aimerais visiter…

Je réponds de manière détachée. Je n'ai pas envie de discuter avec lui. À la fin, il me dit :

« Ah, tu te méfies, tu penses que je suis un agent secret qui te tire les vers du nez ? Chez nous, quand on veut avoir un renseignement, on n'y va pas par quatre chemins, de l'électricité dans les couilles et tout le monde parle.

— Je sais.

— Comment ça, tu sais ?

— Des amis ont été torturés par la police de Casa.

— Pourquoi ?

— Ils n'en ont jamais eu la moindre idée, la torture est pratiquée au hasard et les flics aiment bien le faire savoir.

— Tu fais de la politique ?

— Non.

— Alors, pourquoi tu portes le matricule commençant par 10 300 ? C'est un code pour nous. On déteste les politiques et les professeurs. »

On s'arrête à l'entrée de Meknès et le sergent me propose de prendre une bière. Je lui dis que je ne bois pas. Il me fait comprendre que c'est à moi de lui en offrir une et au passage de lui acheter un paquet de cigarettes américaines. Je dépense le peu d'argent que j'ai sur moi. Je demande une limonade et nous reprenons la route. Il m'apprend quelque chose dont je me doutais un peu :

« Tu sais, pour que vous ne bandiez plus, on met un produit dans le café, je crois que ça s'appelle du brou, du bro, enfin quelque chose comme ça…

— Du bromure ?

— Oui, c'est ça, ça empêche de baiser. Mais le lieutenant Zéroual, il en profite pour baiser les petits jeunes, ceux qui viennent d'entrer dans l'armée. C'est un type très fort, t'as pas intérêt à lui répondre quand il parle. Ça reste entre nous, faut pas faire croire que dans l'armée il y en a qui donnent leur cul. Ici on méprise les "donneurs". »

Avec ou sans bromure, ma libido est au point zéro. Rien. Pas le moindre frémissement. Tout est ici anti-érotique à moins d'être porté sur les garçons, comme le lieutenant Zéroual, qui ne doit pas être le seul dans ce camp à baiser les nouvelles recrues. Rien ne filtre. Dans la chambrée on sait que le gros bêta, celui qui ressemble à la Coccinelle de Volkswagen (une ressemblance étonnante ; dès qu'on l'aperçoit on voit cette voiture basse au nez aplati), se masturbe en faisant du bruit. Il a du mal à jouir. Il s'énerve puis, comme s'il était seul dans une salle de bains, il peste et accuse l'armée de l'avoir castré.

Quand je pense à mon ex-fiancée, quand je me revois en train de caresser sa poitrine, ses cuisses et de l'embrasser, ça ne me fait plus aucun effet. Je ne bande pas. Je n'ai même pas envie de me branler. Entre nous on n'en parle jamais.

Le sergent déguste les cigarettes blondes en disant à chaque bouffée que c'est un bonheur. La fumée me donne mal à la tête. Quand nous arrivons au camp, je vois Aqqa, sa cravache sous le bras, qui attend devant la porte. Alors que je descends de la jeep, il fait passer le bout de la cravache sur mon crâne et me dit :

« Va falloir raser tous ces poils. Et tout de suite, allez. Ensuite tu viens me voir, et à ptites folis (foulées)... »

Je demande à un voisin de m'aider à me raser. Je me lave comme je peux. Les douches sont fermées le soir. Je me présente devant l'adjudant Aqqa.

« Dis-moi, c'est quoi ta maladie ?

— J'ai une malformation d'un testicule.

— À cause d'une couille mal faite, tu te permets d'aller en vacances à Rabat ! »

Il crie, se lève puis s'assoit, rage, et transpire.

« Bon, si je t'ai dit de venir me voir, c'est parce que le commandant voudrait te poser des questions. Tu es étudiant en philosophie, n'est-ce pas ? Oh, mais ça doit être dur, ça ! Je ne sais pas ce qui lui a pris au commandant mais je suis chargé de lui amener les éléments punis qui ont fait des études. Tu as de la chance, je sais pas pourquoi mais il t'a à la bonne, sinon, je t'aurais fait payer ces deux semaines de vacances, ici on n'aime pas les tire-au-flanc, tu connais l'expression, les tricheurs quoi... »

À mon retour à la chambrée, les camarades

viennent tous s'informer sur Rabat, si les infirmières sont jolies, si la nourriture est de qualité... Un type qu'on avait surnommé « la Belette » à cause de son physique long et mou me demande combien il faut donner au toubib pour qu'il t'envoie à l'hôpital. « Rien, je lui dis. Il suffit d'être réellement malade, le médecin fait son travail, c'est un Français qui accomplit son service militaire ici en tant que coopérant, en principe il n'est pas au courant de notre statut ni des traitements qu'on nous réserve, en tout cas il ne faut pas lui en parler, sa position est difficile, il reste un étranger... »

Quelques jours après mon retour, nous sommes réveillés par des bruits inhabituels. C'est un mariage ou quelque chose de semblable. Peut-être que le commandant Ababou a fêté sa promotion. On n'en sait rien. Mais des rumeurs disent qu'il est devenu lieutenant-colonel. Alors ça se fête. D'où le bruit de cette musique berbère sur laquelle dansent des chikhates. Même loin de notre chambre, ce bruit nous parvient au point de nous empêcher de nous rendormir. On entend aussi des rires, des cris et des youyous. Quelqu'un dit : « Le commandant fête ses trente-trois ans. » Ça doit être un anniversaire bien arrosé. On a vu arriver en fin de journée des voitures noires, des limousines d'où sortaient des hommes bien habillés. Mais on n'a pas vu débarquer les chikhates.

Aqqa a dû les faire entrer par une porte dérobée. L'odeur du mouton méchoui flotte dans l'air. Ababou et ses amis, tous officiers supérieurs, font la fête, s'amusent et ne savent même pas que juste à côté 94 jeunes étudiants crèvent la dalle et ne cessent de déprimer. Le lendemain des caisses de bouteilles vides de whisky sont entassées à l'entrée du camp. Peut-être les a-t-on mises là pour nous narguer.

Une soirée chez Ababou

Un soir après dîner, je suis convoqué avec deux autres compagnons chez le commandant Ababou. Il habite une maison agréable avec un jardin où sont plantés deux arbres. Il est protégé par deux soldats. Nous entrons, un des soldats nous installe au salon sur des canapés en faux cuir et nous apporte du thé. C'est la première fois que je bois un thé aussi bon, sucré, avec une menthe forte. Tout prend des proportions inhabituelles. Le canapé me paraît si doux, si confortable que ma peau se sent flattée. Nous nous regardons sans dire un mot. Sur le mur, un portrait de Hassan II en chef des Forces armées royales, à côté la photo en noir et blanc de Mohammed V.

Ababou arrive. On se lève et on se met au garde-à-vous. Il nous fait signe de nous asseoir, enlève ses gants, pose sur la table un dossier, prend ses aises et nous demande d'emblée :

« Lequel d'entre vous peut me parler de Lénine ? »

Nous sommes effarés. Parler de Lénine dans la maison de notre bourreau, celui qui nous maltraite et nous humilie. Un piège ? Une provocation ?

Je me tourne vers Abbas, le militant communiste. Comme c'est bizarre de passer de notre chambrée, véritable étable pour animaux, au confort d'une maison pour causer de Lénine !

Abbas, en homme discipliné, se met à situer la vie et l'action de Lénine dans le contexte de la Révolution russe et parle de Karl Marx dont il rappelle l'origine allemande. Il évoque la lutte des classes, la fin de l'exploitation de l'homme par l'homme, etc.

Ababou l'écoute attentivement puis intervient :

« Qu'est-ce qu'il dit sur la religion ?

— C'est Marx qui dit que c'est l'opium du peuple.

— Il aurait pu ajouter le football ! » dit Ababou en éclatant de rire.

Puis il me pose une question qui prend l'allure d'un réquisitoire :

« Toi, tu as dirigé un mouvement étudiant, tu as organisé des grèves à l'université et tu as poussé des gamins à manifester, n'est-ce pas ? Ne m'interromps pas quand je parle. Donc, tu es un agitateur, tu t'y connais en guérilla civile, tu sais ce que les Vietnamiens ont fait, ce que les Cubains ont fait… »

Je garde le silence. Il hurle :

« Alors, tu réponds ? »

Je sursaute et je bafouille quelques phrases dénuées de sens. Puis je me ressaisis et je décide de lui répondre sérieusement. Je me dis, tant pis, j'y vais.

« Oui, mon commandant, le ministre de l'Éducation nationale, Youssef Belabbès, a sorti une circulaire qui interdit l'accès au second cycle des lycées aux élèves de plus de dix-sept ans, les autres devant tous s'orienter vers l'enseignement technique. Les manifestations contre cette circulaire ont été au début très pacifiques même si des chômeurs et ouvriers de l'Union marocaine du travail ont rejoint les étudiants. La répression en revanche a été très brutale. Il y a eu au moins cinquante morts et trois cents blessés. Mais si la police n'avait pas tiré sur la foule, je pense qu'il n'y aurait pas eu les émeutes qui ont suivi. »

Mes deux compagnons me regardent avec l'air de m'encourager ; quant à Ababou, il se lève, fait les cent pas, boit un verre de thé d'une traite et revient vers moi :

« Donc, tu es un révolutionnaire ?

— Non, mon commandant, je suis un poète, un rêveur, le jour de la manifestation j'étais triste parce que je m'étais disputé avec ma fiancée… alors je me suis fondu dans la foule et j'ai reçu des coups.

— Tu as pleuré parce qu'une fille s'est fâchée avec toi ?

— Non, mon commandant, je n'ai pas pleuré

mais j'étais triste. C'est normal, c'est mon premier amour...

— C'est quoi cette histoire ? Un homme, un vrai, ne tombe jamais amoureux, sinon il est foutu... Tu crois que le général de Gaulle était amoureux ?

— Oui, mon commandant, amoureux de la France ! »

Il se met à rire, puis pose quelques questions générales aux deux autres. Au moment de nous en aller, il nous annonce que nous allons changer de camp. Il ne précise pas la destination, il dit juste que ce sera plus confortable que là où nous sommes.

Quelques jours plus tard nous recevons la visite du général Driss Ben Omar, celui qui avait repoussé les Algériens en octobre 1963 lors de ce qu'on a appelé « la guerre des Sables ». L'Algérie ne voulait pas rendre au Maroc la ville minière de Tindouf que la France avait annexée en 1934 car elle y avait découvert des mines de fer. Il y avait aussi en filigrane un problème de frontières. Ce jour-là nous avons eu un repas décent, on a même eu droit à une pomme chacun à la place d'une Vache qui rit.

Cette visite nous inquiète tous. Peut-être que la guerre est imminente avec le voisin algérien ? Pourquoi le général a-t-il parlé des frontières, de l'intégrité territoriale du pays, des sacrifices qu'il va falloir consentir pour défendre la patrie ?...

Les rumeurs d'une mobilisation sur les frontières de l'Est font le tour du camp. Je me dis que ce sera la meilleure façon de se débarrasser des têtes chaudes, des têtes pensantes. Nous étions 94 punis, moins un qui a disparu. Si on nous envoie en première ligne faire la guerre aux Algériens, c'est sûr que nous serons tués immédiatement. Bon débarras ! ça doit être encore une idée de ce pervers d'Oufkir qui a tiré sur les étudiants à Rabat et à Casa. Lui qui nous a fait arrêter et nous a livrés aux mains d'un Aqqa.

Le convoi

Le 1er janvier 1967, quelques mois après mon arrivée, j'entends, tôt le matin, le ronronnement des moteurs des camions. Un bruit intense. Je me dis qu'ils sont venus nous chercher. On va changer de camp, nous serons alignés sur la frontière avec l'Algérie. J'ai la trouille, mal au ventre, impossible de me concentrer. Je n'ai aucune haine envers le peuple algérien, je ne vois pas pourquoi je l'attaquerais, si je désobéis je serai fusillé. Ici, on ne peut pas être objecteur de conscience. Ici, on obéit ou on crève. À propos, le soldat puni cet été, enterré sous le soleil, est mort fou. Peut-être que la guerre sera déclarée dans les heures qui viennent. Nous sommes privés de radios et de journaux. Parfois, l'un de nous est de corvée de chiottes dans le club des officiers. Il en profite pour ramasser quelques vieux journaux sur lesquels nous nous jetons comme des affamés. Sinon on n'a que des rumeurs, des suppositions. Non, s'il y avait une guerre avec l'Algérie nous aurions été en alerte maximale. Alors ils nous préparent pour nous expédier là-bas. Une petite guerre de quelques jours, le temps d'envoyer au casse-pipe les têtes chaudes. Plan diabolique. Nous serions assassinés légalement. La patrie en danger devait être défendue et sauvée, ces jeunes gens étaient volontaires pour arrêter l'agresseur algérien, le frère qu'on a aidé, nourri, protégé et qui a tout oublié.

Je sais, j'ai trop d'imagination. Les images passent et repassent à grande vitesse. Presque vingt-quatre par seconde, le rythme d'un film.

Je ramasse mon paquetage, je cache les papiers sur lesquels j'ai écrit des poèmes, je me rase la tête et la barbe. Je m'habille en tenue de campagne. Je suis prêt. Je pense à mes parents. Il ne faut pas craquer. Abdenebi vient nous voir pour nous annoncer que nous irons peut-être dans une école nous entraîner avant d'être envoyés sur le front. Nous montons dans les camions après l'appel. Je remarque que ni Aqqa ni Ababou ne sont là. Je vois un nouveau venu, un capitaine qui porte des lunettes de soleil même quand il fait sombre. C'est le cas, il est cinq heures du matin. Les camions démarrent. Les bâches sont tendues. On ne voit rien du paysage ; on ne sait pas où nous allons. Ça donne l'impression du condamné à mort qui perd la notion du temps et de l'espace. La peur et la faim conjuguées avec le rythme cahotant du camion m'endorment. En fait, je m'assoupis car j'entends tout. Je rêve, je meuble le temps de jolies images, des cartes postales, des clichés du bonheur, des petites choses de la vie qu'on espère un jour connaître. Je vois des prairies ensoleillées avec des jeunes filles jouant au cerceau, je vois un papillon se poser sur le sein d'une fille qui prend le soleil, je vois un ruisseau sur lequel des nénuphars glissent, une main frêle les pousse, je vois des couleurs, de la lumière, de la joie… tout ce qui n'existe pas dans cette épreuve où nos nerfs sont torturés. Je ne vois plus rien. Le camion s'est arrêté tout d'un coup. Contrôle. Un sergent aboie sans qu'on y comprenne rien :

« Y a *maqan*, un *fissdipute*, un *dinelkelbqui menique*, c'est moi, le sergent Hassan qui va niquer la putain de sa mère… »

Sa colère nous effraie. On descend tous. On se regroupe par sections. Le sergent crie :

« *Retifiélalinement !* » (Rectifiez l'alignement.)

Il fait jour, on est en haut d'une montagne. Au loin j'aperçois une fumée sortir du toit d'une maisonnette. J'imagine qu'elle est habitée par un jeune berger et sa cousine devenue sa femme. Ils sont modestes et heureux.

« *Balkoum !* »

Le sergent passe et compte. Il hurle de nouveau :

« Y a *maqan*, *fissdipute*, trouvez-le, sinon punition générale. »

Il parle avec un supérieur dans un talkie-walkie. Parfois il mélange l'arabe et le berbère avec quelques mots de français.

Le manquant c'est Marcel, le seul juif parmi les 94 punis. Un brave gars qui avait été arrêté distribuant des tracts sur la Palestine. Son père est un militant communiste assez connu au Maroc. Il n'est pas du genre à désobéir, mais probablement qu'il ne s'est pas réveillé, ou bien il a été malade et a dû dormir à l'infirmerie. C'est ce que le supérieur du sergent a dû lui dire. Car on a entendu un bout de phrase : « Il vient avec les gens de la maintenance. » Après ce mauvais quart d'heure, on reprend la route.

Les camions roulent lentement, ils peinent à monter des côtes rudes, il y a beaucoup de virages, beaucoup de tournants. La nausée. Envie de vomir. Je me retiens. Le copain qu'on surnomme « la Belette » a soulevé la bâche et a vomi. Ça pue, je me bouche le nez, cette promiscuité me pose un problème : je ne suis pas fait pour vivre avec les gens. Je hais cette humanité assemblée dans ces camions. Certains dorment en bavant, d'autres jouent aux cartes qu'ils ont fabriquées avec des bouts de carton, tous pètent, l'atmosphère empeste, et moi je souffre, oui, je suis une petite nature comme m'a dit au début Aqqa, petite nature, fragile, civilisée, haïssant le fait de m'être transformé en une sardine dans une boîte où je suis collé à d'autres sardines. C'est ça le drame, et il n'y a rien à faire. Je me calme et je me rappelle les premiers vers de « Voyelles » :

A noir, E blanc, I rouge, U vert, O bleu : voyelles,
Je dirai quelque jour vos naissances latentes ;
A, noir corset velu des mouches éclatantes
Qui bombinent autour des puanteurs cruelles

Ce sont justement ces « puanteurs » que je subis qui me font penser à Rimbaud. Ces vers me permettent de voyager, de sortir de ce camion de malheur. Je n'ai que la poésie à opposer à ces brutes. Les mots, les images, les fulgurances échappent à leur contrôle. Rarement la poésie ne m'a été aussi nécessaire que durant ces jours. Dès que je peux, j'écris des vers sans penser à ce qu'ils signifient. Je suis obsédé par le mythe d'Orphée et aussi par Spartacus. La poésie devient mon alliée, mon refuge, mon lit et mes nuits. Il m'arrive d'écrire dans ma tête en attendant l'occasion de trouver un bout de papier pour y inscrire mes vers. Avant, j'utilisais la nappe en papier de la cantine. Elles ont été depuis remplacées par du plastique, j'ai réclamé une fois quelques feuilles au médecin qui m'a donné une ordonnance. Sinon, Bloom et Dedalus me tiennent compagnie. Leur déambulation dans Dublin que je ne connaissais évidemment pas m'aide à m'échapper et j'ai l'envie de leur parler, de faire un saut dans le temps et dans l'espace pour les saluer. Je serre contre moi le gros volume et je me dis : un jour je serai libre et j'irai à Dublin.

Ma mémoire a toujours été une amie fidèle. Même si elle m'encombre parfois, je l'aime car elle permet de me sauver, d'aller loin et de revisiter des lieux inouïs.

C'est aussi ma solitude. Non que je me sente meilleur que les autres ou méritant un traitement différent, quelque chose comme un passe-droit ou des faveurs, non, surtout pas ça, mais je suis certain que Rimbaud me permet de surmonter ces moments de fréquentation obligée d'une humanité avec laquelle je ne partage rien d'autre que le fait d'être puni par le roi. Tout cela me pèse de plus en plus et je me mets en danger.

Un matin, je m'emporte contre un grand gaillard particulièrement obséquieux avec les officiers ; il vient me narguer à propos du simple fait que je suis natif de la ville de Fès. Originaire de Marrakech, il me traite de tous les noms :

« Fouissi[1], peau blanche, espèce de roublard de juif, d'ailleurs les Fouissis sont des anciens juifs convertis, Fouissi la teigne, Fouissi le teigneux... »

Pas envie de répondre. Le coup de poing est parti, le gars est tombé, en se relevant il m'a menacé de représailles, puis l'incident a été clos.

1. Terme péjoratif employé à la place de « Fassi », qui désigne les personnes originaires de Fès.

Ma première et dernière bagarre. La violence physique ne résout rien. Pourtant je suis entouré de gens qui ne connaissent que ça. Au programme de notre redressement il y a bien sûr des épreuves physiques pour tester la capacité de résistance de notre corps, mais il y a aussi quelques séances d'humiliation comme celles de nous mettre à longueur de journée entre les mains de ces sous-officiers analphabètes qui nous parlent le langage des bandits, de nous rappeler que notre vie dépend d'un adjudant psychopathe et d'un commandant sans le moindre scrupule. Mais le fait de ne pas savoir pour combien de temps nous sommes là, ni même si un jour nous serons libérés, est la pire des tortures. Poser la question c'est déjà une forme de provocation. Nous devons nous en tenir aux rumeurs les plus vagues. Il y a parmi nous un gars grassouillet jouant au naïf et qui délire. Il dit avoir des visions, prétend appartenir à une famille de voyants. Un jour il est entré en transe en répétant « pas de sortie, pas de sortie ». Il est convaincu que le camp sera notre cimetière. Il dit avoir vu plusieurs cercueils danser dans la cour !

Nous sommes 94 punis, venus d'horizons si différents, avec des traditions et habitudes si diverses, 94 jeunes hommes, tous arrêtés le même jour avec pour consigne « aucune exception », signé général Oufkir. Pourtant Fouad, un des membres du bureau de l'Union des étudiants, a été libéré très rapidement parce que son père travaille comme indicateur de la police de Rabat. Il est le seul à avoir échappé à la punition. Il aurait, paraît-il, été reçu par un gradé au ministère de la Défense qui l'aurait copieusement grondé puis lui aurait demandé quelques informations sur ses camarades. Indic de père en fils. Un autre a vu sa détention se transformer en hospitalisation. Il s'appelait Zdidane. Il frisait la folie, devenait hystérique et incontrôlable quand on prononçait devant lui le mot *Asel* (miel). Il changeait de visage, hurlait et frappait avec force sur tout ce qui se trouvait à sa portée. *Asel*, *Masel* (mielleux), *Assila* (diminutif de miel), tout ce qui rappelait le miel le rendait fou. Il se tenait souvent à l'écart avec la peur d'être provoqué par un sadique. Un jour, un sergent se lassa de son hystérie. Il décida de le punir en chargeant un soldat de deuxième classe de répéter devant lui le mot de malheur. Le pauvre homme s'évanouit et fut transporté à l'infirmerie où on mit des boules Quies dans ses oreilles. Il devint de plus en plus violent et irascible. Le médecin décida de l'envoyer à Rabat, à l'hôpital militaire où il termina ses mois de captivité.

Les camions font une halte. Interdit de descendre. Les gars fument et plaisantent mais leurs blagues ne me font pas rire. Je suis probablement trop sérieux. Je ne suis pas un joueur ni un aventurier. Je remarque que le séjour dans cette prison qui ne s'affiche pas comme un bagne ne dérange pas trop certains, je dirais même qu'ils y trouvent un certain plaisir. L'un de nous, un petit gars chétif, a demandé à quitter le groupe pour entrer dans l'armée. Une recrue spéciale. Sa demande n'a pas été acceptée. On lui a dit, ça dépend des ministères de la Défense et de l'Intérieur. J'apprendrai bien plus tard qu'il avait rejoint l'armée pour une raison qu'il ne pouvait pas avouer mais qui a été révélée par la suite.

Nous sommes arrivés à destination en début d'après-midi. Il fait très froid. Je descends du camion, la tête lourde. Nous sommes en haut d'une montagne ; la neige n'est pas loin. Comment s'appelle ce lieu ? On se met en rang, notre paquetage sur le dos, et on attend devant une grande bâtisse blanche. Une école ou une prison ? Nous attendons un supérieur. Tout d'un coup, je vois les sous-officiers et les lieutenants s'activer. Le commandant des lieux arrive. C'est un play-boy. Lunettes de soleil, tenue impeccable. « *Balkoum !* » Nous sommes tous au garde-à-vous, immobiles.

Pas de discours. Il passe dans les rangs. Il porte un parfum poivré. C'est la première fois que je sens ce parfum. Il prend son temps, examine nos mines, fait des moues puis disparaît. C'est notre nouveau commandant.

Ahermoumou

Nous sommes à Ahermoumou, au nord de Taza. La bâtisse où nous avons été transférés est une école qui prépare des sous-officiers et des officiers. « L'armée pense à notre avenir », me dit un voisin. Oui, un bel avenir. Nous sommes passés de l'âge de pierre tel qu'il existe au camp d'El Hajeb à un âge un peu plus moderne. Mais le traitement est le même. Nous devons en baver, comme nous l'a tant répété Aqqa. Un sergent s'occupe de nous répartir dans des chambres à quatre lits. La vue est superbe. Au loin une montagne enneigée, une forêt, un air pur. Le fait de ne plus être parqués dans une unique chambrée est un progrès considérable dans notre histoire. Le dîner est servi dans un réfectoire. Nourriture correcte mais insuffisante. Le pain est toujours le même : aussi dur que du pneu. Ça doit être la marque de fabrique de l'armée royale. Au fond du couloir, il y a les douches et les toilettes. Ça a l'air propre, en tout cas c'est sans comparaison avec ce qu'on a vécu à El Hajeb.

Le lendemain, le commandant nous réunit dans la cour. Il passe de nouveau dans les rangs, vérifie avec sa baguette si le crâne est bien rasé, puis il la glisse dans les poches de pantalon. Là, il s'arrête et nous donne l'ordre de revenir immédiatement dans les chambres et de les coudre.

« Ici, pas question de mettre les mains dans les poches, c'est strictement interdit ; ici, on ne se promène pas, on ne se balade pas, on ne marche pas, on fait tout au pas de course. Celui qui marche est passible d'une semaine de prison, et la prison chez nous c'est pas du gâteau. D'ailleurs pour commencer vous allez tous l'essayer à partir de demain cinq heures. Je continue : ici, vous avez atteint un stade supérieur. Tout sera supérieur : la formation militaire, les exercices, la nourriture et aussi les punitions. Faut pas compter sur le chauffage : des hommes qui craignent le froid ne sont pas des hommes. Il fait zéro degré et vos couvertures grises sont légères. Le réveil est fixé à six heures ; la mise en forme à six heures quinze ; petit déjeuner à sept heures trente ; début du travail à huit heures. Quelle que soit la température, la tenue pour la mise en forme sera toujours la même : chandail et culotte courte, sandales. Celui qui met un tee-shirt sous le chandail sera puni. Toute tricherie sera sanctionnée sévèrement. Ici, nous sommes des militaires, pas des petits-bourgeois, fils à papa et à maman. Pas de femmelettes dans mon école. Je suis chargé de vous en faire baver et vous serez servis, comptez sur moi, moi le commandant Hamadi. »

De grande taille, svelte et même raffiné, le commandant Hamadi est un acteur-né. Il a des gestes étudiés, des poses et des silences dignes de l'Actors Studio. Distanciation et efficacité du message. Peut-être est-il vraiment un acteur envoyé par l'État-Major pour nous faire peur, pour nous inquiéter. Chacune de ses apparitions est préparée. Des bruits courent : le commandant va passer ; le commandant va faire un discours... Il ne passe pas. Attente parfaitement calculée. Le fait qu'il parle correctement le français le situe au-dessus de la mêlée et indique qu'il a suivi des études supérieures. Que fait-il dans cet endroit ?

Le lendemain à cinq heures, sans avoir pris de petit déjeuner, nous sommes comme prévu tous enfermés. Une sorte de hangar où il fait encore plus froid que dans les chambres. Les murs suintent d'humidité, pas de lit, pas de paillasse, que du ciment glacé. Interdit de se coller les uns aux autres pour se tenir chaud. Je grelotte et je subis en silence cette torture d'un genre nouveau, je me mets de côté et appuie ma tête contre le mur. J'ai mal partout mais je pense soudain à prier, je ne sais pas pourquoi mais le fait de réciter une sourate du Coran apprise par cœur quand j'étais gamin m'aide à supporter cet avant-goût de l'enfer qui nous attend. Je continue avec Rimbaud et je me sens mieux. J'étais un mauvais élève à l'école coranique, j'apprenais par cœur des versets dont je ne connaissais pas le sens et jamais je n'aurais pensé qu'un jour ces versets viendraient à mon secours en des circonstances aussi particulières. Ma mémoire est fantastique. Décidément c'est ma meilleure amie, même si parfois de mauvais souvenirs viennent m'assaillir à l'improviste et me font mal.

Nous sommes libérés du hangar vers dix-neuf heures. Quatorze heures d'emprisonnement sans motif, juste pour nous alerter de ce qui nous attend en cas de désobéissance ou de contestation. Le commandant Hamadi est paraît-il fameux pour ses faits d'armes en Indochine. Lui aussi faisait partie de l'armée française dans les années cinquante. Il doit connaître Aqqa. On dit aussi que c'est un neveu d'Oufkir. Je ne savais pas que la méchanceté gratuite était héréditaire.

Je fais la queue pour prendre ma première douche depuis qu'on a quitté El Hajeb. L'eau est froide. On se lave avec du Tide, un détergent en poudre utilisé pour faire la vaisselle. Je hais cette marque depuis ce jour. Je garderai toute ma vie en mémoire le dessin du paquet avec un grand T inscrit dans plusieurs cercles.

Notre deuxième dîner est une bonne surprise : de la salade, de la viande et des légumes. Un vrai repas. Je me méfie tout de suite, si le menu est amélioré c'est que le programme de redressement doit être plus dur.

Je partage la chambre avec trois autres punis. Un copain de Fès, un autre venu de Kénitra, et un type gentil, discret, quelqu'un de la campagne, pas un étudiant. Il s'appelle Salah. Il détient un objet qui m'intéresse beaucoup : un transistor Philips. Comment a-t-il pu se le procurer et surtout le cacher pendant tout l'internement à El Hajeb ? Il écoute de la musique sous la couverture. Moi, ce que je veux écouter, c'est les informations. Il me le prête, en échange de quoi je l'aide à écrire une lettre à sa famille. Comme nous sympathisons, je lui demande pourquoi il fait partie des punis. Il était berger à Beni Mellal ; il a été arrêté parce qu'il vendait des moutons sans autorisation au moment de l'Aïd el-Kébir. Il me raconte son histoire. Il s'étonne qu'on soit détenus uniquement pour des manifestations. Lui il est plutôt content d'être là et me dit que c'est bien mieux que sa bergerie. Il me prête sa radio certains soirs. Je la colle contre mon oreille et je cherche des stations étrangères pour avoir des informations sur ce qui se passe dans le monde. Je ne sais rien depuis des mois. Je tombe sur une radio étrangère qui parle d'un jeune philosophe français arrêté en Bolivie parce qu'il était ami de Che Guevara. J'apprends son nom : Régis Debray. Il est en prison depuis quelques mois. J'avais suivi en 1962 les péripéties de la Révolution cubaine au moment de la crise de la baie des Cochons. Le sort de ce philosophe m'intéresse. Je me demande ce qu'il est allé faire en Amérique latine, pourquoi il a senti le besoin de s'engager physiquement dans une révolution qui a lieu très loin de son pays. J'imagine que les prisons boliviennes sont aussi pourries que celles d'Ahermoumou. Je me dis que l'homme est né mauvais et persiste dans le mal parce que c'est le seul moyen qu'il a trouvé pour dominer les autres. Je vois le commandant Hamadi en colonel bolivien en train d'interroger Régis Debray. Il le torture avant même de lui poser des questions ; pour lui c'est une entrée en matière comme il a fait pour nous, emprisonnés toute une journée. J'ai d'emblée une grande sympathie pour ce philosophe français qui a eu le courage de mettre ses idées et idéaux en pratique. Je pense à lui et à sa famille et imagine l'angoisse dans laquelle vivent ses proches. Je cherche plus d'informations sur d'autres stations. Avant de m'endormir, j'éteins la radio et la planque sous les draps. Pas question de se faire choper avec un tel engin. J'imagine très bien le commandant m'accuser d'intelligence avec l'ennemi. C'est-à-dire l'Algérie.

Le matin nous suivons des cours d'instruction militaire donnés par des lieutenants qui parlent eux aussi correctement le français. Discipline. Silence dans les rangs. Nous sommes terrorisés sans raison clairement identifiable. De nouveau je m'interroge : sommes-nous là pour toujours ? Pour quelques mois ? Pour être envoyés ailleurs ? Pour aller faire la guerre à l'Algérie ? Nous ne sommes au courant de rien. Les lieutenants sont aussi terrorisés que nous. Le commandant Hamadi ne plaisante pas avec le règlement. Nous sommes tous soumis à sa dictature, même si nous le voyons peu.

L'angoisse grandit. Nous sommes passés de la brutalité primaire à bien autre chose, quelque chose d'inquiétant. Entre nous on appelle Hamadi « l'Aribi », qui signifie « le héros du film ».

De la brutalité sophistiquée

Punition collective. Un carreau de la résidence du commandant a été brisé. Qui a pu faire ça ? Personne. Le commandant à la baguette de maréchal sous le bras hurle : « Je ne veux même pas savoir qui est le coupable ; vous devez vous surveiller entre vous ; ce manque de vigilance sera puni par l'exposition durant quatre heures pendant une semaine. C'est un échantillon de ce que je peux vous faire subir. » Exposer quoi ? On se regarde et on se demande ce qui va être exposé et où.

Le soir, un sergent nous donne les consignes suivantes : demain matin, quatre heures, chandail et culotte courte, sandales, tous rassemblés au garde-à-vous dans la cour. Rester debout sans bouger. Celui qui tombe sera relevé et puni d'une manière plus dure encore.

On se parle à voix basse. On se méfie. Dans tous les groupes, il y a toujours un indicateur. On ne dit pas ce qu'on pense. Après tout, nous sommes des politiques. La résistance et la clandestinité font partie de nos valeurs.

Nous sommes en février, la nuit la température tombe en dessous de zéro. Le froid fait des trous dans le corps. Les poches sont cousues. Les mains gèlent. On commence par ne plus sentir les oreilles, le bout du nez, les doigts. Rester debout, fixe, sans faiblir, résister. Personne n'est habitué à ce froid. Les sergents qui nous surveillent sont habillés de vêtements chauds. Ils fument. Ils boivent du café dans un thermos.

À quoi pense-t-on quand le corps est glacé ? On ne pense pas. On ne pense plus. Les idées se gèlent. On ne rêve pas ; on voit passer très lentement les minutes et les heures. Un premier gars s'écroule. Les deux sergents le ramassent, le giflent pour le ranimer. Il se relève, essaie de se maintenir debout. Un autre tombe. Même réaction des surveillants. J'ai une idée : et si on s'écroulait tous en même temps ? Je me ravise aussitôt. Le commandant est capable de nous faire écraser par des camions. Après tout, qui se soucie de notre sort en dehors de nos familles qui n'ont aucun moyen de savoir ce qui nous arrive ? J'imagine mon père aller voir un de ses amis de Melilla devenu général et le supplier pour me libérer. Je n'imaginais pas ; il l'a fait. Je le saurai le jour où je recevrai une lettre de mon père. On a le droit d'envoyer une seule lettre et de recevoir la réponse. Une lettre, pas plus. Lue bien sûr par les services de censure du commandant. Mon père m'écrit : « J'ai vu ton oncle Hadj Mohammed de Melilla ; il est fatigué, ne va plus au bureau. » J'ai compris. Cet oncle avait fait la guerre aux côtés de Franco, contre les républicains. On l'appelait l'Espagnol. C'était le fils d'une Noire que son père avait ramenée du Sénégal où il faisait du commerce. L'Espagnol était noir lui aussi et portait le même nom que mon père.

J'ai mal aux genoux. Ma nuque devient raide ; mes doigts complètement insensibles. Je ne vais pas tomber. Il ne faut pas fléchir, céder, faiblir. Je ne vais pas recevoir de gifles. Je reste debout. Je pense à mon ex-fiancée. J'ai les larmes aux yeux, non parce que je songe à elle, mais à cause du froid qui attaque la fonction lacrymale. Elle m'a quitté, m'a trahi, trompé. Aqqa doit être derrière cette autre punition. Cela devait faire partie de son plan. Je l'imagine en train de murmurer à l'oreille de ma fiancée des informations afin d'aggraver ma situation. C'est n'importe quoi ! Ma fragilité me joue des tours.

À huit heures, on entend un énorme « *Raha !* » (repos). On se disperse lentement, comme des blessés de guerre à la recherche d'un lieu pour se réchauffer et dormir. On nous sert du café et du pain. Je tremble parce que je sens mes nerfs me lâcher. La fatigue me laisse sans voix, sans recours.

Ce jour-là, nous avons tous vieilli. Le visage

souriant et heureux de ma fiancée ne me quitte plus.

Les jours suivants, on nous fait subir le même traitement. Par chance, la température est montée de quelques degrés centigrades. La punition devient banale. À la fin de la semaine, le commandant Hamadi vient nous parler d'événements graves qui peuvent survenir d'un moment à l'autre. « Il faut que vous soyez prêts ! L'ennemi ne prévient pas, mais nous, nous l'attendons de pied ferme ! Nous allons avoir bientôt la visite d'un officier supérieur qui vous entretiendra de ce qui risque de se passer. Dans l'immédiat, ceux qui n'ont pas résisté au froid et sont tombés seront affectés à des corvées durant un mois. Rompez ! »

C'est quoi cette histoire d'ennemi ? L'Algérie est qualifiée dans la presse de « pays frère », les deux chefs d'État s'échangent des télégrammes de félicitations pour les fêtes, alors pourquoi aller s'inventer un ennemi ? Sans doute pour nous occuper. Il faut un objectif dans l'armée. Apparemment, le nôtre est de battre l'Algérie. Pourquoi irais-je tuer des Algériens ou me faire tuer par des Algériens ? L'absurdité fait partie du programme.

Le mois du ramadan est là. Comment allons-nous poursuivre les entraînements, les séances de tir, les punitions gratuites ? Mais le problème, pour l'instant, c'est Marcel. Sacré Marcel ! Ce gars drôle, discret, qui connaît des centaines de blagues cochonnes sur les Juifs et les Arabes, qui parle un arabe dialectal avec un léger accent qui ressemble à un cheveu sur la langue, ce brave Marcel va oser interpeller le commandant Hamadi lors d'un passage en revue.

« Mon commandant, moi je ne fais pas le ramadan, il faut que la cuisine prévoie mes trois repas quotidiens.

— Qui es-tu ?

— Soldat Marcel B., matricule 10 362.

— T'es juif ? Il ne manquait plus que ça !

— C'est pas de ma faute, mon commandant.

— Et il répond, l'insolent.

— Je suis citoyen marocain et juif. Ça existe !

— Oui, je suis au courant. Tu ne vas pas me faire une leçon d'histoire ! »

Nous sommes tous en admiration devant son audace. Personne n'a jamais osé parler ainsi au commandant. Paradoxalement, le fait d'être juif le protège. Le commandant sait pertinemment que le roi s'intéresse de près au sort de ses citoyens juifs. Hamadi baisse le ton et lui dit :

« Tu mangeras, mais pas devant ceux qui jeûnent. Tu iras à la cuisine et on te donnera ton repas dans un coin isolé. Pas la peine qu'on te voie en train de t'empiffrer… »

Marcel le remercie et se tourne vers nous avec un sourire triomphant.

Vie quotidienne

Ordre est de nouveau donné de coudre les poches des treillis qu'on vient de recevoir. Distribution des aiguilles et du fil. Je couds mes poches. J'y glisse juste avant mes poèmes. Bonne cachette. Je deviens expert en couture. Je termine ça en un éclair. Les gars m'apportent leurs pantalons ; Salah me promet la radio cette nuit. Un autre me donne un paquet de biscuits acheté à un berger qui rôde autour du champ de tir pourtant entouré de fils barbelés. On lui donne de l'argent et il nous ramène des petites choses.

Le commandant nous passe en revue. Nous devons avoir le crâne rasé de près. Les poches cousues et l'air discipliné. Il passe dans les rangs ; avec son bâton de maréchal il vérifie si la couture tient bien. Si le bâton pénètre dans la poche, le gars reçoit deux coups secs sur la nuque. Quelques coups ont été assenés. Avec le bout de son bâton, il soulève ma casquette qui tombe, le fait glisser sur mon crâne, qui n'a pas été rasé ce matin à cause d'un furoncle. Il s'arrête à son niveau, appuie dessus jusqu'à ce que du sang coule. J'ai mal. Je ne bronche pas. J'échappe aux coups sur la nuque. Je me baisse et ramasse la casquette.

Le commandant nous a réunis pour annoncer une nouvelle ; cette fois-ci il ne s'agit pas de guerre : « Un officier supérieur va venir prochainement inspecter l'école. Attention, vous devez être impeccables, chemise repassée, pantalon propre et poches non cousues ; pas un mot. S'il vous parle, vous le saluez et vous dites "Merci mon général". Si quelqu'un s'aventure à lui parler de quoi que ce soit, il aura affaire à moi ; c'est compris ? Rompez. »

Le menu de la cantine a été amélioré. Tant que la visite du général n'aura pas eu lieu, nous sommes assurés de manger pas trop mal. Les officiers aiment que la troupe soit bien nourrie. Tout le monde parle de la visite qu'on attend. Certains pensent qu'il s'agit d'une ruse pour nous mettre à l'épreuve. Un soir, on nous autorise à retirer le fil qui fermait nos poches.

Le général Driss Ben Omar arrive le lendemain matin. Il est populaire dans l'école. Un type bien. Rien à voir avec Oufkir, celui qui nous a envoyés dans cette galère. Je pense, encore aujourd'hui, que Driss Ben Omar n'était vraisemblablement pas au courant des raisons exactes de notre détention, et encore moins de cette histoire de punition et de redressement décidée par Oufkir qui voulait, en bon dictateur, nous donner une leçon.

Pour la première fois, nous passons la journée les mains dans les poches. Plaisir particulier. J'éprouve même un moment d'étrange nostalgie : l'odeur de l'essence dégagée par le convoi du général me fait voyager. Je la hume comme si c'était du parfum. J'associe l'essence et le bruit du moteur à la liberté. Je quitte ce camp, je pars loin, je monte dans une limousine et dis au chauffeur : « En avant ! Ne t'arrête pas avant de voir la mer. » Je baisse la vitre et j'observe le paysage, je regarde les gens et je devine leur vie. Le chauffeur me tend une bouteille d'eau minérale. Je bois dans un verre en cristal. L'air est frais. L'air est doux. La vie est belle. La voiture roule à toute allure pour arriver avant le coucher du soleil. Je dois assister à l'apparition du fameux rayon vert. Il est si rare, mais c'est mon jour de chance, d'ailleurs le général est reparti en jeep ; il m'a cédé sa limousine officielle. Le confort est un luxe qui ne dépasse pas le seuil de la rêverie.

Le lendemain, de nouveau des poches à recoudre. La vie quotidienne reprend comme avant ; nourriture très moyenne ; discipline de fer ; menaces de punition pour la moindre erreur ou le moindre manquement aux règles. Il ne faut pas chercher à comprendre.

L'hiver est de plus en plus rude. Le commandant apprend qu'un de nous possède une radio puissante et qu'il est en contact avec l'étranger. Le pauvre berger de Beni Mellal, accusé d'espionnage, est condamné à la pire des punitions. J'avais déjà vu ça l'été, tout son corps va être enterré, à part sa tête qui reste exposée aux intempéries. Il risque de mourir de froid. Mais mon copain le berger ne dit rien. Il résiste, c'est un homme rompu aux rudesses des saisons. Il se laisse conduire hors de l'école, surveillé par un soldat. Le lendemain, quand il est déterré, il a honte ; il a pissé et chié sur lui. C'est ça qui le met en colère. Il nous dit : « Le froid c'est rien, mais faire ses besoins sans pouvoir bouger ni se laver est pire que tout. »

Quant à moi, je n'ai plus de nouvelles de Régis Debray qui est devenu une sorte de compagnon virtuel. Je pense à lui sans connaître son visage ni sa voix. Une complicité lointaine nous unit, même si son sort est beaucoup plus dramatique que le mien. L'un des dirigeants étudiants me dit à l'oreille : « Debray a été condamné à mort par la Bolivie. Il est foutu. » J'ai de la peine. J'imagine un jeune homme, à peine plus âgé que nous, révolutionnaire, prêt à mourir pour ses idées. Je pense à ses parents.

Se révolter ? Surtout pas. Le camp de la peur fonctionne selon des méthodes bien étudiées. Toute rébellion peut tourner au massacre qui sera justifié comme une atteinte à la sûreté de l'État. Bon débarras de ces trublions ; la presse n'en saura rien ; morts pour avoir fomenté une révolte armée ; légitime défense. Scénario classique. Peut-être que le commandant Hamadi cherche à nous pousser à ces extrémités. On sent qu'il a envie que ça saigne. Mater une émeute le ferait se sentir utile. La presse de gauche n'est au courant de rien. Certaines personnes ont su que de jeunes étudiants ont été envoyés à l'armée pour faire leur service militaire. Pas de quoi s'alarmer ni protester.

Diarrhée générale. Une dysenterie causée par le dernier repas. Viande avariée. Fièvre chez certains, vomissements chez d'autres, coliques chez tout le monde. On en rit. On plaisante. Tous égaux dans la douleur d'une intoxication générale. Au moins le lendemain, on ne sort pas du camp. L'infirmier nous distribue des cachets qu'on avale. On n'a plus d'appétit, ce qui est en soi une bonne chose.

Malgré le bromure, deux de nos copains ont fait le mur la nuit pour aller chez des putains. Le lendemain matin, ils sont convoqués chez le commandant, qui leur dit : « La punition, vous vous l'êtes inoculée vous-mêmes, toutes les putes de cette région sont malades ; je ne vous punis pas, j'attends de voir quand vous ne pourrez plus pisser. »

Ordre a été donné à l'infirmerie de ne pas les soigner. Effectivement, ils ont tous les deux attrapé une chaude-pisse douloureuse. Ils la garderont jusqu'à leur libération. Entre-temps, la maladie se compliquera. La punition est terrible.

Je suis convoqué chez le commandant. J'arrive, je salue, je reste au garde-à-vous.

« Ainsi, tu écris des poèmes !

— Oui, mon commandant.

— Je les ai lus, je n'ai rien compris. Qui est cet Orphée ?

— Un personnage de la mythologie, poète et musicien… C'est de l'histoire très ancienne.

— Ah, tu écris des poèmes sur des choses d'une autre époque. Bon, je te les rends, c'est sur notre patrie bien-aimée que tu devrais écrire des poèmes, je te donne une idée, pourquoi ne nous prépares-tu pas un beau poème sur notre magnifique drapeau pour la prochaine fête du Trône ? Tu vois cette couleur ? C'est le rouge de notre sang, et cette étoile verte c'est notre patrimoine agricole, notre richesse pour laquelle tout Marocain est prêt à se battre et à donner sa vie. Ça c'est de la poésie, alors que toi tu te réfugies dans des histoires lointaines et sans intérêt. »

Je lui dis en balbutiant que la poésie ça ne se contrôle pas. Il fait une moue puis me fait signe de sortir.

Une deuxième vitre a été brisée, cette fois-ci dans le club des officiers. Le commandant décide d'une punition collective d'un genre nouveau : chacun doit dénoncer quelqu'un, celui qui refuse ira en prison, il y passera un nombre de jours égal à la somme des lettres de son nom. Moi, c'est dix jours. Je n'ai dénoncé personne. Me voilà dans une cellule avec deux autres gars que je ne connais pas et qui ne savent même pas pourquoi ils sont là.

Cette opération de délation a des résultats surprenants : sur les 93 punis que nous sommes, seuls vingt ont balancé quelqu'un. Je ne veux pas les juger, chacun fait ce qui l'arrange. Mon père m'a appris que ce sont des choses qui ne se font pas. Il m'a raconté le sort des militants pour l'indépendance du Maroc dénoncés à la police française et qui ont tous été torturés ou envoyés en exil, il m'a aussi parlé des juifs dénoncés en France par des voisins, des proches, des gens sans morale, sans dignité. Dans la famille, m'a-t-il fait comprendre, on ne donne pas les autres.

Le commandant est furieux. Son opération a échoué. Il traite même les vingt délateurs de traîtres. Au bout de trois jours, il ordonne de nous libérer et de nous faire reprendre l'entraînement pour de futures manœuvres.

C'est le printemps, le ciel est d'un bleu très doux, l'air est frais, les montagnes blanches et le commandant est de bonne humeur. Il vient d'accéder au grade de lieutenant-colonel. Il nous l'a annoncé lui-même et pour fêter ça il a décidé de nous octroyer un jour de permission. C'est la première fois que nous pouvons sortir de l'école et marcher librement dans la rue. Mes parents habitent à cinq cents kilomètres de là. Impossible de faire le voyage pour les embrasser. La permission commence à huit heures du matin et s'arrête à minuit. Tout retard sera lourdement sanctionné. Une désertion, c'est la peine capitale. Un des lieutenants nous a gentiment prévenus : « N'essayez pas de vous enfuir, sinon ce seront vos frères et vos parents qui le paieront très lourdement. » Il nous cite le cas de Lahmri, un sergent qui a déserté pour suivre une femme dont il était fou. Il a été rattrapé, mis au cachot et jugé par un tribunal d'exception parce que c'était l'époque où le Maroc était en guerre avec l'Algérie. Il a été exécuté ; la presse en a parlé. Exécuté pour l'exemple. Alors je me contente d'une promenade dans la ville d'Ahermoumou. En réalité, un village où il n'y a rien. Je cherche une cabine téléphonique. Ça n'existe pas par là. Il y a une poste, mais elle a été fermée. On me dit que l'épicier Hamza a le téléphone. Je donnerais cher pour entendre la voix de ma mère. Hamza est à la mosquée. Avec un copain on l'attend. Son voisin nous conseille d'aller le chercher, car parfois il s'endort après la prière. Nous voilà à la mosquée, nos brodequins à la main en train de demander après l'épicier Hamza. En effet, il sommeille tranquillement la tête contre un pilier. Je le réveille doucement. Il sursaute en croyant que c'est Satan qui le bouscule.

« Que veux-tu ? On ne peut pas être en paix ? »

Je le supplie de nous accompagner pour utiliser son téléphone.

« Il ne marche pas. Je n'ai pas payé la facture, des vrais voleurs. Alors moi, le téléphone, c'est fini. Allez en paix. »

Nous repartons tristes. Nous mangeons un tajine d'agneau aux olives et citrons confits. Le restaurant n'est pas très propre mais le tajine cuit sur du charbon est bon. Rassasiés, nous prenons le chemin du retour. Des femmes nous font des clins d'œil. Mon copain est tenté, je le retiens, ce sont des prostituées qui n'ont jamais vu un médecin. Il prend peur et nous rentrons soulagés à l'école.

Le lendemain, les chefs de section font l'appel et rendent compte au commandant : tous les soldats sont présents !

Ce jour-là on nous apprend à démonter et remonter le fusil de base Mas 36. C'est la première fois de ma vie que je découvre comment s'articulent les différentes pièces de cette arme. Ensuite on passe au pistolet. Je souris en pensant à Humphrey Bogart jouant avec cet engin. Après ces exercices, on nous bande les yeux pour recommencer le démontage puis le remontage. J'échoue. Le lieutenant me dit : « Ah, c'est le poète qui ne sait pas se débrouiller ! » Je ne dis rien. Cela fait rire les autres. Je suis gêné. C'est un coup du commandant qui veut me ridiculiser.

Le vendredi, c'est le jour du tir et du couscous. Les balles sont à blanc. Chaque coup tiré secoue tous mes membres, surtout l'épaule, et me rend sourd durant quelques minutes. Des rumeurs circulent : on nous préparerait pour une intervention éclair à la frontière algérienne. L'idée que le général Oufkir cherche à nous éliminer de manière « patriotique » me trotte dans la tête. Il en est capable. Toute l'année dernière, la presse française a parlé de sa participation à l'enlèvement et à l'assassinat de Mehdi Ben Barka. Simuler une petite guerre éclair avec le voisin et nous faire zigouiller par la même occasion. Je me méfie. Mais ceux que j'appelle « les politiques » en sont convaincus. En particulier l'un des dirigeants du syndicat étudiant à l'échelle nationale. Il a des arguments :

« Nous sommes des prisonniers politiques, même si nous n'avons pas tous le même statut. Nous représentons un risque pour le pouvoir. Ce que nous avons vécu ici, ce que l'armée nous a fait et continue de nous faire, l'État-Major n'a pas intérêt à ce que ça se sache. L'armée n'est pas un outil de répression. Elle a une réputation à sauvegarder. C'est pour ça que notre disparition est de l'ordre du plausible. Ils feront de nous des héros tombés pour la patrie et nous serons décorés à titre posthume. Les tensions avec l'Algérie sont réelles. Tout peut arriver. »

J'ai tout d'un coup froid, on dirait qu'un vent glacial est venu confirmer les hypothèses de cet homme qui sait parler. Je me dis que tout est possible, mais on ne peut pas éliminer 93 personnes dans une attaque. Ce n'est pas crédible. Je répète intérieurement : possible, pas possible, plausible, pas plausible… Tout peut arriver… Pourquoi n'avons-nous aucune information sur la durée de notre captivité ? Normal, puisque nous n'avons pas été jugés, puisque aucune instance officielle n'a statué sur notre sort. Alors, combien de temps dure un service militaire ? Ça dépend des pays. Le Maroc n'ayant pas instauré de service militaire avant notre arrestation, impossible d'avancer une date de libération.

J'ai faim. Nous avons faim. La nourriture est correcte mais insuffisante. On doit, en plus, exécuter tous les ordres au pas de course. Hier, certains parmi nous ont repeint la maison du commandant. Aujourd'hui, nous sommes exposés au soleil. Nous devons rester en position fixe et ne pas parler. J'imagine que le grand chef doit se creuser la tête chaque soir pour trouver une nouvelle façon de nous maltraiter. Je résiste et j'en suis fier. La faim provoque chez moi des migraines. Je résiste en pensant à une prairie fleurie et à des papillons de toutes les couleurs.

Libération oui, libération non

5 juin 1967 : la guerre est déclarée entre Israël et les pays arabes. Alerte maximale. Convocation à six heures du matin. Le grand chef a quelque chose à nous dire. La chaleur n'est pas encore à son zénith. Nous attendons. Il arrive en tenue de combat, lunettes noires, baguette sous le bras. On dirait qu'il va tourner un spot publicitaire, du genre « Engagez-vous dans l'armée, le monde vous appartiendra ». Il parle : « L'ennemi sioniste a frappé. Nos frères en Égypte, en Syrie et en Jordanie se battent vaillamment. Nous devons être prêts à n'importe quel moment pour leur venir en aide. En tout cas, sachez que nous sommes en guerre. Alors, soyez sur le qui-vive ! Garde-à-vous ! Repos ! Garde-à-vous ! Repos ! »

Marcel est appelé au bureau du lieutenant-colonel.

Il est libéré. Ordre de Rabat. Ce n'est pas le moment de prendre le risque d'un incident avec un juif. Marcel ramasse ses affaires civiles, les met dans un sac et nous salue un par un.

Certains lui disent « t'as de la chance », d'autres « reviens vite ». Il s'en trouve quand même un pour médire de lui. « Il a été libéré pour aller combattre avec ses frères sionistes. » Marcel n'a jamais douté de son identité marocaine, arabe et juive. Il fait partie des milliers de familles juives qui ont toujours vécu à côté des musulmans. Mais il nous a raconté une fois que des gens des services secrets israéliens étaient venus inciter ses parents à émigrer en Israël. Son père, matelassier de père en fils, refusa. L'agent le menaça de représailles. Il lui répondit : « Je suis bien ici, je n'ai rien à faire avec des Polonais ou des Américains parce que nous sommes juifs. » L'agent était revenu à la charge, mais le père de Marcel avait résisté.

Au bout d'une semaine, l'alerte est levée. Défaite cuisante pour les Arabes. Pas de commentaires dans les rangs. Notre silence est signe de désespoir.

Nous passons l'été à faire des manœuvres de plus en plus dangereuses. Nous sommes épuisés. Nous escaladons une montagne chargés comme des mules et nous devons éviter les tirs ennemis. Notre capitaine ne joue pas le jeu. Il nous protège, nous indique un lieu pour nous cacher et nous reposer. Il n'est pas content d'appartenir à ceux qui sont désignés pour nous punir. Nous apprendrons plus tard qu'il a été mal noté et qu'il est nommé au Sahara.

On décide de réclamer un peu plus de nourriture. Mais comment obtenir enfin gain de cause ? L'un de ceux que nous appelons « les politiques » demande à voir un capitaine proche du lieutenant-colonel. Promesse d'amélioration, mais on ne voit rien venir. « Dans l'armée on ne proteste pas, on ne demande pas, on obéit », nous assène un lieutenant qui nous apprend le maniement des armes. Mais on voit qu'intérieurement il n'est pas d'accord avec ce qu'il dit. Va pour les repas maigres. Halim, un des politiques, a une idée : demander au berger qui fait brouter son troupeau derrière les barbelés du champ de tir s'il veut bien nous vendre un agneau. À notre grande surprise, le berger accepte. Halim se met à ramasser l'argent. Chacun donne ce qu'il peut. Ça finit par faire une somme rondelette. Le berger nous montre l'agneau. Mais comment faire maintenant ? C'est simple, il s'occupe de tout : il va l'égorger, le préparer puis nous le livrer le vendredi en méchoui chaud ! Il prend l'argent et évidemment disparaît à tout jamais.

L'histoire parvient jusqu'aux oreilles du grand chef. Il en a ri, paraît-il, jusqu'à faillir s'étouffer. Au moins, cet épisode nous aura occupés un temps. Les repas n'ont pas varié. Halim a demandé au grand chef de lui permettre d'aller à la recherche du berger. Pas question. « Ça vous apprendra à faire confiance à n'importe qui ! » La faim nous a rendus naïfs.

Nous sommes en juillet. Un an que je suis interné. Ça ne se fête pas. Il n'y a rien à fêter si ce n'est qu'on a survécu aux lubies de psychopathes, qu'on a frôlé la mort plusieurs fois, qu'on a vu des hommes ramper comme des animaux devant un officier sadique, qu'on a repéré les failles de quelques supérieurs et qu'on ne sait toujours pas si un jour on sortira de cette prison qui ne dit pas son nom. Pas de nouvelles de nos familles. Mais dans sa grande bonté le chef nous a permis d'écrire à nos parents ; lettres lues avant envoi. La mienne est simple :

Mon cher Père, j'espère que cette lettre te trouvera en bonne santé, qu'elle rassurera ma mère et qu'elle vous apportera de bonnes nouvelles. Ici, tout va bien. Nous faisons du sport, nous mangeons bien, et nous apprenons à aimer et à défendre notre patrie. N'ayez aucune inquiétude. Tout le monde est aux petits soins avec nous. Nous ne manquons de rien, si, seule la vue de votre visage me manque. Que Dieu vous garde et vous donne longue vie.

Votre fils béni par vous.

Je sais que mon père est assez intelligent pour lire entre les lignes. De toute façon, il ne faut pas l'alarmer.

Un mois après, je reçois une lettre de mon père que j'ai conservée précieusement tant le document est extraordinaire. Dans un arabe classique raffiné, il m'informe de sa situation tout en me bénissant et s'adresse à moi en des termes de grand seigneur empêché de se mouvoir :

Au nom de Dieu et de son Messager que le Salut soit sur Lui.

Notre fils bien-aimé, notre fierté, notre grandeur !

Depuis que vous êtes parti, nous savons combien vous êtes utile à la patrie que nous adorons tous et par-dessus tout grâce à notre Roi que Dieu le glorifie et lui prête une longue vie et le fasse triompher de tous ses adversaires.

Notre fils bien-aimé. Nous nous portons bien et nous sommes fiers que vous soyez choisi pour servir Dieu, la Patrie et le Roi ! Votre mère se porte bien même si elle est un peu inquiète de ne pas vous voir plus souvent, mais elle a l'intuition que bientôt vous viendrez lui rendre visite. Il faut dire que la maison est vide sans vous surtout depuis que votre frère est parti étudier en France. Nous sommes seuls avec la femme qui aide votre mère à faire le ménage.

J'espère que cette lettre vous trouvera en bonne et parfaite santé ; nous pensons à vous et nous vous attendons, cher fils bien-aimé.

Que Dieu vous garde et vous protège ; que Dieu garde et glorifie notre Roi. Vive le Roi, Vive le Maroc !

Votre père, humble serviteur de Dieu.

Je la lis et la relis. Je la décode. Mon père est au fait de la répression et des manigances militaires. Lire entre les lignes. Les références au roi sont destinées au censeur qui lira la lettre ; je sais que mon père n'a jamais porté dans son cœur ce roi que tout le monde craint sans l'aimer vraiment. Je comprends en vérité que ma mère est malade. Je glisse la lettre sous l'oreiller en pensant que je verrai mes parents en songe. Mais la première nuit je rêve surtout d'Ava Gardner. Elle me manque. Sa voix grave, ses yeux noirs et lumineux, son allure, son insolence, tout me manque. La dernière fois que je l'ai vue c'était dans *La Comtesse aux pieds nus*. Me manque d'ailleurs tout ce qui se rapporte de près ou de loin au cinéma, ma passion. Je souffre de ne plus m'y rendre. Dire qu'à peine quelques mois avant mon arrestation j'ai vu *La Colline des hommes perdus* de Sidney Lumet. Un film qui raconte comment un adjudant sadique et trop strict mène la vie dure à des prisonniers militaires dans un bagne d'où l'on ne sort pas toujours vivant. Impressionné par la force de ce film quasi documentaire mais joué de manière exceptionnelle par des acteurs très physiques, je me dis alors que ce qui se passe dans ce bagne est impensable. Je vis pourtant depuis un an dans un remake bien réel de ce film. Manque la caméra.

Puis une nuit, je vois mes parents habillés en blanc comme s'ils revenaient de La Mecque.

Ma mère pleure, mon père me fait des signes d'apaisement. Ils parlent mais je n'entends pas leurs voix. Plus je m'approche d'eux, plus ils s'éloignent. Le blanc est de mauvais augure, c'est la couleur du deuil. Plus tard j'apprendrai que Nadia, ma nièce de dix-huit ans, est morte étouffée par le gaz pendant qu'elle prenait son bain.

Plus d'un an sans musique. Qui s'en soucie? Autour de moi personne ne s'en plaint. J'en parle mais je ne trouve pas d'oreille complice. Je fais appel à ma mémoire et j'écoute en me concentrant les premières envolées de John Coltrane. Je repasse ensuite des chansons de Léo Ferré et de Jean Ferrat. Je fais un immense effort pour retrouver les rythmes, les accords, les rimes et les paroles. Je me souviens des poèmes d'Aragon interprétés par mes deux chanteurs préférés. Je me trompe, je ne suis pas assez concentré, les chansons s'éloignent dans un silence total; elles ne sont plus que des souvenirs de souvenirs. Je tente de revoir des films. Je me concentre et je dis « Moteur » : c'est le film de Marcel Carné *Les Enfants du paradis*. Les images défilent mais sans le son. C'est étrange. Soudain je reconnais la voix très spéciale de Jean-Louis Barrault. Puis plus rien. Le film s'éloigne. L'écran est tout blanc et je m'endors.

Des rumeurs. Hamadi s'en va. Hamadi a une promotion, il ne s'occupera plus des punis du roi, c'est une tâche dégradante. Hamadi est malade, le roi l'aurait envoyé faire le pèlerinage à La Mecque. Hamadi se marie. Hamadi est nommé conseiller militaire à l'ambassade du Maroc à Washington. Hamadi est en prison. Bref, les bruits circulent et changent chaque jour. Ce qui est sûr, c'est que Hamadi a quitté Ahermoumou. On ne le voit plus. Il n'y a pas de lumière dans son bureau ni dans sa résidence. Il est parti. On sent son absence. Les soldats ne marchent plus au pas de course. C'est un signe de relâchement. La terreur est partie. Hamadi a été appelé par Oufkir : promotion ou punition ?

Ses remplaçants sont arrivés durant notre sommeil, au beau milieu de la nuit. Il s'agit du commandant Ababou et de son acolyte, l'adjudant Aqqa.

Rassemblement à sept heures. Ababou, suivi d'Aqqa, passe dans les rangs. Ils sont de mauvaise humeur. Pas un sourire, pas un mot. Ils sont tendus. Promotion ou punition ? Apparemment, les deux. Ils passent du camp d'El Hajeb à l'école des officiers. Mais ils doivent s'occuper des punis. Pas vraiment un avancement. On va le savoir tout de suite. Ababou parle :

« Nous voilà de nouveau réunis. Cette fois-ci le redressement doit être impeccable. Pas de faiblesse, pas de laisser-aller, je serai impitoyable. Votre formation n'est pas terminée. Le commandant Hamadi, pardon, le lieutenant-colonel Hamadi a été appelé à d'autres fonctions. J'ai remarqué qu'il y avait du relâchement dans les rangs. Ce n'est pas acceptable. Alors tout le monde au pas de course, nous allons courir, vous allez courir une heure sans vous arrêter. Je vous laisse avec l'adjudant Aqqa. Gaaardàvous ! Repos, une deux, une deux, allez plus vite, et qu' ça saute... »

Ababou disparaît. Aqqa hurle et donne de temps en temps un coup de bâton à l'un de nous. Un coup gratuit juste pour nous rappeler qu'il aime frapper et brutaliser. Il hurle : « Comme le dit mon maître le commandant Ababou "Pas de pitié pour les faibles". Vous êtes tous des faibles, des chiffons ! »

Nous commençons à regretter Hamadi. Car Ababou semble habité par la rancune, le ressentiment et même la haine. Il n'est pas content d'être là et fait passer toute sa nervosité sur nous. Il en a besoin. Tiens, il n'a pas cité le roi. Il a dû oublier. On court, on court, Aqqa derrière nous avec un bâton. Le cœur bat très fort. Ce n'est pas le moment de flancher, de tomber. Il faut tenir. Ceux qui fument sont les premiers à s'écrouler, ce qui permet à Aqqa de leur donner des coups de pied. Ils se relèvent et retombent. Il les insulte, les traite de pédés, de pauvres types...

Dure journée. Après la course, départ pour des manœuvres improvisées. En fait, il s'agit juste de nous occuper et de nous faire suer. Nous retrouvons les vieilles habitudes du camp. Aqqa est furieux, un sergent-chef lui a manqué de respect (il a oublié de le saluer), il l'humilie devant tout le monde. Peu après, un lieutenant nous réunit et nous conseille de ne pas parler. « Vous n'avez rien vu, vous n'avez rien à raconter. »

Depuis le retour d'Ababou le réveil a été avancé d'une heure. À cinq heures, on est sur le pied de guerre. Tension permanente entretenue par Aqqa. Que va-t-il bien pouvoir faire de nous ? se demande l'adjudant de malheur. Justement, voilà une idée : surprendre une section qui n'appartient pas à notre catégorie et l'attaquer. Il nous explique : « J'ai appris que la section D était partie dans la nature faire un pique-nique. Vous vous rendez compte ? Un pique-nique ! Alors notre commandant a décidé que vous iriez les débusquer pendant qu'ils prennent du bon temps. Ça leur apprendra à se laisser aller. Distribution d'armes, sac à dos, casque, départ dans quatorze minutes. »

Nous quittons l'école au pas de course, direction une plaine de l'autre côté de la montagne. Il fait chaud. Pas de repos. On court, Aqqa en tête. Il est increvable. Tout en avançant, il nous tient un discours censé nous motiver :

« La patrie est en danger, Sa Majesté est en danger, il faut intervenir, vite faire échouer le complot. Allez, pendant qu'ils s'amusent en mangeant des petits plats et en buvant de bonnes choses, nous allons les surprendre, n'hésitez pas, tirez sur eux, on est en guerre, nous n'avons pas le choix, allez, une deux, une deux... »

Je me pose la question : est-il fou ? Je ne dis rien et je cours. Mon fusil est lourd, mon sac à dos est lourd, la chaleur rend toute chose pesante. Comment est-il possible qu'une section de l'école puisse oser s'attaquer au roi ? C'est du délire. Oui, Aqqa est bel et bien fou et dangereux. Je reste sur mes gardes. Quand on atteint le lieu-dit du pique-nique, il n'y a personne. C'est une blague. Aqqa est furieux. On l'a mal renseigné. Il essaie de s'en sortir :

« C'était une façon comme une autre de vous motiver pour atteindre un objectif. J'espère que vous serez toujours prêts pour sauver la patrie. » Il crie : « Répétez après moi "*Allah, Al Watan, Al Malik*" » (Dieu, la Patrie, le Roi).

Nous répétons machinalement cette devise écrite partout sur les murs du bâtiment.

Un quart d'heure de pause, retour à l'école. En chemin je cherche d'où Aqqa tire son autorité, il n'est qu'adjudant et a plus de pouvoir qu'un capitaine. Peut-être doit-il sa vie ou sa carrière à Ababou. Celui-ci le tient et lui fait, en même temps, entièrement confiance. Entre eux il doit y avoir un pacte, quelque chose de signé dans le sang.

Premiers jours d'octobre 1967. La montagne est belle, les arbres se maintiennent, inébranlables. Le ciel est d'un bleu léger. J'entends le bruit du moteur diesel d'un autocar. J'aime ce bruit qui me rappelle les voyages entre Tanger et Casablanca, entre Fès et Tanger. Encore une fois je me surprends à humer cette odeur de mauvaise essence qui m'enivre au-delà de toute logique. Je pense à mes déplacements en ce début d'année universitaire. J'imagine notre professeur de métaphysique M. Chenu qui nous explique des textes de Nietzsche, sa passion pour Kant, ses envolées lyriques quand il parle de Heidegger. Tout cela est loin. J'ai des souvenirs mais je suis incapable d'aligner deux phrases de raisonnement en philosophie. Cet environnement a pour effet de nous éloigner du monde, de l'intelligence, de la subtilité, de nous rendre étrangers à la spiritualité, au savoir et à l'échange des idées. Ici, pas de pensées, pas d'idées, que des ordres de plus en plus stupides avec un brin de cruauté au passage. Poètes et philosophes sont ici indésirables, impensables, exclus. Nous sommes réduits à nos plus bas instincts, notre part bestiale, animale, inconsciente. Ils ont tout fait pour nous vider de ce qui nous engage à réfléchir, à penser. Je me bats la nuit contre moi-même pour ne pas devenir comme mes trois voisins de chambre qui agissent en militaires automates. Ils acceptent tout sans broncher. On dirait que leur cerveau a été déposé dans la consigne d'une gare perdue. Ils sont là, contents de ce qu'ils sont devenus, passent leur temps à faire des blagues ou à se préparer à être de bons petits soldats aux ordres du commandant. Pas question de le décevoir. Je suis très seul. Je n'ai personne à qui me confier, à qui parler, alors je me parle et j'ai peur de devenir fou à mon tour. D'ailleurs Rachid, un ancien professeur de mathématiques, a perdu la raison. Ils l'ont enfermé dans une chambre tout seul, il se cogne la tête contre les murs. C'est un brave homme, très mince, délicat et discret. Je ne sais pas comment les choses se sont tout d'un coup aggravées. Un jour il ne s'est pas levé, il a refusé de s'alimenter. Aqqa a hurlé : « Il veut faire la grève du travail et de la faim ; ici la grève ça n'existe pas ; je vais lui en faire baver jusqu'à ce qu'il oublie son nom… » C'est exactement ce qui s'est passé. Rachid ne sait plus comment il s'appelle ni où il se trouve ; il nous regarde hagard puis se met par terre et ne bouge plus. Il se recroqueville sur lui-même et ne dit mot.

Je pense à mon ex-fiancée qui doit filer le parfait amour avec un jeune homme libre et friqué. Je ne lui en veux pas, mais j'ai mal quand son image envahit mes pensées. Si, je lui en veux, je la déteste, je la hais. Une belle femme, rebelle, insolente, originale, comme dit mon frère. Chercherai-je à la revoir si un jour je suis libéré ? Je ne sais pas. On n'a jamais vu un amour renaître parce qu'on s'est expliqués ! C'est une histoire terminée. Il faut l'oublier, tout oublier. On me dit que Rachid a été renvoyé chez lui. Retrouvera-t-il la raison une fois dans sa famille ? Sans doute. Certains prétendent qu'il a simulé la folie pour échapper à cette prison. Tout est possible, nous sommes dans un monde où rien ne fonctionne normalement. Les soldats sont anesthésiés, les supérieurs sont à moitié dingues. Eux aussi sont punis.

Aqqa est nerveux, il va et vient les mains derrière le dos. Ababou n'est pas content. L'histoire de l'attaque surprise n'a pas été appréciée par le commandant. Nous avons des bribes d'information que les serveurs de la cantine nous donnent. Ils ont les oreilles qui traînent partout.

On laisse entendre que quelque chose se trame, un déplacement, des manœuvres encore plus dures, une permission de plusieurs jours, le commandant se marie ou alors Aqqa renvoie sa femme au bled… L'atmosphère est étrange. Le ciel est gris. L'automne ressemble à un hiver précoce. Il fait froid. Un chien enragé a mordu un sergent qui a été envoyé à l'hôpital de Rabat. Aqqa est parti avec quelques soldats à la chasse aux chiens. Il en a tué quelques-uns. On raconte que des prostituées ont rendu visite à de jeunes officiers. On l'a su parce qu'un lieutenant a attrapé une blennorragie sévère. Lui aussi est parti pour Rabat. Ababou est en colère. L'État-Major ne répond pas. Il se sent isolé. Voilà qu'il convoque les politiques pour un dîner chez lui. Ils sont trois, tous inscrits dans des partis de gauche. Ils sont sérieux, se prennent au sérieux et pensent apprendre quelque chose au commandant. Ils sont naïfs. Ils nous informent, le dîner achevé, qu'Ababou est de gauche, il leur aurait avoué sa répugnance à devoir faire ce travail de chef de bagne. Ils l'ont cru. Il les a testés. Ils ne se sont pas rendu compte qu'il est plus malin, plus avisé qu'eux. J'en conclus qu'Ababou est complexe et qu'il faut s'en méfier. Mais je n'ai pas mon mot à dire. Je ne suis qu'un militant de base, un étudiant qui croit en la justice et au droit. Il paraît qu'il y a chez lui un portrait d'Oufkir dédicacé comme font les stars. Oufkir ! Quel malheur ! On dit que sa femme est très belle et qu'il la partage avec le roi. On dit tellement de choses... Qui pourra vérifier tout ce qu'on raconte ? Je ne me vois pas en train de demander sur un ton sérieux au général Oufkir s'il est vrai que sa femme est la maîtresse de Hassan II. La solitude nous fait songer à des choses inavouables. Qu'est-ce que j'en ai à faire de la femme de ce général à la réputation de tueur ? Rien. Il vaut mieux laisser tomber. Mais si j'étais un surhomme, je l'aurais assis sur une chaise et l'aurais interrogé sur sa responsabilité dans la disparition de Mehdi Ben Barka.

À partir de la mi-novembre, les rumeurs de notre libération circulent avec insistance. Le mieux renseigné est le médecin qui vient tous les vendredis. Le docteur Noury est un homme du Nord issu d'une famille pauvre. Seule l'armée lui a proposé une bourse pour faire ses études de médecine. C'est ainsi qu'il est devenu médecin militaire. Il dit à l'un des « politiques » que notre punition a été critiquée par des gens haut placés dans l'État-Major, qu'il y a même eu une dispute entre deux officiers et que le Palais aurait eu vent de ces incidents. En même temps notre libération pose un problème : après avoir subi tant de maltraitances, il sera difficile de nous faire taire et de nous empêcher complètement de raconter comment l'armée de Sa Majesté traite la jeunesse du pays. Le commandant Ababou aurait reçu des ordres très précis pour préparer notre sortie du bagne : amélioration de la nourriture, arrêt des manœuvres fréquentes et dangereuses, permissions, bref on veut nous traiter autrement pour essayer de nous faire oublier ce que nous avons subi.

Programme ambitieux. Aqqa nous distribue des jeux de cartes et des cartouches de cigarettes « Troupe » ; il fait changer les couvertures et nous demande de ne plus nous raser le crâne.

Son ton est mielleux, totalement faux et hypocrite.

Ces nouvelles mesures provoquent des discussions agitées chez nous ; « les politiques », qui sont souvent convoqués par Ababou, nous rapportent qu'il dit que tout cela lui a été imposé par certains hauts gradés dans l'armée et que de toute façon il nous a appris des choses qui nous seront utiles un jour. Il croit à l'importance du « service militaire » et a insisté sur le fait que ce n'était pas une punition mais un service militaire un peu dur, que lui-même a connu pire que ça lors de sa formation d'officier…

Soudain, début décembre, nouveau retournement de situation. Les jeux de cartes sont repris, la nourriture redevient insuffisante et médiocre, Aqqa rétablit le pas de course et son ton se fait dur et menaçant.

Il neige sur Ahermoumou. Nous avons très froid. Les logements des officiers sont chauffés. Un gars de Sefrou nous le confirme : il a passé la nuit chez le lieutenant L. qui aime les garçons. Il a réussi à lui tirer les vers du nez tout en couchant avec lui. Notre libération serait imminente. Certains hauts officiers à l'État-Major sont mécontents que l'on utilise les Forces armées royales pour des exactions et des règlements de comptes politiques. Ordre aurait été donné de libérer tout le monde. Mais le commandant ne l'entend pas ainsi. Il laisse traîner et prolonge nos souffrances par une température en dessous de zéro. Chaque jour, l'un de nous est convoqué, il lui fait une leçon de morale et le prévient que s'il parle une fois sorti, il le fera revenir pour lui infliger les pires tortures. Il lui présente ensuite à signer une lettre où l'on reconnaît avoir passé son service militaire dans de bonnes conditions, et l'on remercie les FAR d'avoir été accueillis et bien traités…

Nous organisons une réunion clandestine pour refuser de signer ce torchon. On exclut le gars de Sefrou qui est le petit ami du lieutenant. Hors de question qu'il se confie au lieutenant sur l'oreiller. Un mot d'ordre circule : ne rien signer.

Nous tenons bon. Pas de signature. Le commandant renonce. Les ordres sont arrivés de Rabat pour hâter notre libération. Il freine autant qu'il peut, libère quatre à six punis par semaine. Les menaces sont orales. Avant de quitter l'école, visite médicale. Nous ne sommes pas malades mais l'état général n'est pas bon. Le moral surtout est atteint. L'idée de retrouver la liberté nous donne un espoir mitigé. On craint les pièges. Aucune confiance dans ces espèces de brutes. On ne sait pas comment Ababou et Aqqa choisissent ceux qu'ils décident de libérer. Aucune logique, aucun critère. On attend. Je me rends compte que les épreuves n'ont pas créé de liens, d'amitiés. On se supporte, mais on ne parle pas de se retrouver dans la vie civile. Il paraît que c'est normal. Se revoir, pourquoi ? Pour se rappeler les longues journées de tristesse, de fatigue et de malheur ? Une tension persiste entre nous sans raison précise. Je me réfugie dans le silence, je ne participe pas aux discussions animées, ça ne sert à rien. J'ai peur qu'on nous garde ; tout est possible. La nuit je fais des cauchemars de plus en plus explicites : prison à perpétuité, peur, cris, arbitraire, folie… je suis entouré de rats, je hais ces bêtes, je suis allergique à leur simple vue. Les rats et les taupes, ils sont chez eux dans cette prison, je suis un étranger qui les dérange, certains me mordent, d'autres me lèchent le visage, je hurle, j'appelle au secours, personne ne vient, je n'ai plus de voix, aucun son ne sort de ma gorge, les rats dansent et rient, ils tournent autour de moi qui suis leur nouvelle proie, je me sens las, je n'en peux plus, je me laisse dévorer et je meurs dans mon sommeil. Je hurle et réveille mes trois compagnons. Chacun a fait ce genre de cauchemar. D'habitude on n'en parle pas afin, peut-être, de conjurer le sort. Même fatigués, nous ne dormons pas bien. Nous sommes travaillés de l'intérieur par la tournure que semble prendre notre destin. Comment s'achèvera cet emprisonnement déguisé en service militaire ? Sortir, oui, mais quand et dans quel état ? J'ai de mauvais pressentiments. Peut-être que le camion qui nous ramènera en ville ne pourra plus freiner et finira dans le ravin. Un accident.

Ils diront à nos parents : « C'est la volonté de Dieu ! » J'essaie de me rendormir et d'oublier l'hypothèse du camion fou. Je trouve le sommeil en pensant avec force à ma grand-mère Lalla Malika que j'aime tendrement.

Le matin, je me regarde dans le miroir : je suis pâle, amaigri, les yeux blafards ; besoin d'air, besoin de prendre un bain chaud, besoin de boire un bon café et d'aller me promener. Je me sens malade, j'ai une crise de nerfs, quelqu'un parle d'épilepsie, on me transporte à l'infirmerie. Le médecin n'est pas encore arrivé. On me donne un café chaud et on m'étend sous une couverture sentant la naphtaline. Mon cœur bat très fort. Le médecin me dit : « Il faut vous renvoyer chez vous, c'est le seul remède. » Pour une fois, j'y crois. Je sais que je vais quitter ce lieu maudit, je sais que si je ne pars pas je ferai reculer les murs. Une intuition si forte ne peut mentir. Je sens l'odeur de ces boules blanches qui repoussent les puces et les mites. C'est la dernière mauvaise odeur que j'emporterai de cette prison. Je suis fort, je n'ai plus peur, je sais que nous avons gagné, ils ont voulu nous mater, je sors de là avec la certitude qu'ils sont des minables, des déchets de cette armée où sévit un racisme prononcé entre ceux du Sud, les Amazigh, et ceux du Nord, les Rifains, entre les gens des villes et ceux de la campagne, entre ceux qui savent lire et écrire et ceux qui baragouinent en colère. J'enlève mes habits militaires. On me remet un sac contenant ma chemise blanche et mon pantalon gris. Ils sont sales. Tant pis. Après dix-neuf mois, ils sont devenus trop grands pour moi. Je les enfile. J'ai perdu une dizaine de kilos. J'attends mes papiers. À l'administration, je retrouve le capitaine Allioua, celui qui avait déchiré mon certificat médical d'exemption. Il n'a pas changé, un sourire forcé, le regard sans âme, la nonchalance des gens du Nord. Il veut dire quelques mots, je ne l'écoute pas. Un tas de paperasse. Des tampons, des signatures, des commentaires… En partant il me fixe en mettant l'index sur la bouche. Pas un mot ! Oui, silence, on ne va pas vous dénoncer, bande de salauds, non, on va brosser de notre séjour un portrait idyllique, les jeunes vont se précipiter pour s'engager dans une armée qui punit au lieu d'éduquer, qui fait peur au lieu de faire découvrir d'autres horizons, une armée où on recrute les psychopathes plutôt que de les envoyer à Salé consulter chez le docteur Benaboud, un excellent psychiatre, un humaniste et un philosophe.

Le lendemain après le café, on me fait signe de me diriger vers la porte de sortie. Aqqa est là, sifflotant. Zaki et Larbi, deux types de Tanger, ont été désignés avec moi. On a encore peur. On n'ose pas y croire. Je jette un dernier regard à Aqqa. On accélère. Au moment de franchir la porte, Aqqa nous dit avec un sourire étrange :

« À bientôt ! »

On ne répond pas. Mais on se dit oui, c'est ça, à bientôt mon salaud, on se retrouvera dans une cour de justice avec des juges honnêtes, des gens qui appliqueront la loi en toute rectitude, des gens horrifiés par ce système qui torture, fait disparaître des opposants ou les parque dans un camp dirigé par des bourreaux cruels et pervers. Zaki se penche vers moi et me dit en baissant la voix comme si nous étions toujours dans le camp et qu'on nous écoutait : « Tu crois que le roi est au courant de ce qu'on nous a fait ? »

Je lui réponds sans chuchoter, ce qui lui fait faire des gestes dignes d'un paranoïaque :

« Le roi ? Il n'en a rien à foutre de nous, il ne sait même pas qu'on existe ni qu'on souffre. »

Nous attendons un taxi. On compte l'argent ; pas assez pour aller jusqu'à Tanger, située à plus de huit heures de route du camp. La voiture est une vieille Mercedes jaune qui a dû être taxi à l'époque de la Seconde Guerre mondiale. Le chauffeur nous regarde, l'air ahuri, comme s'il se trouvait devant des extraterrestres.

« D'où sortez-vous ? »

Larbi lui dit : « De l'armée. » Zaki ajoute : « On était en vacances chez Aqqa. »

On négocie le prix. On lui avance une partie et on lui promet le reste une fois arrivés chez nous.

Nous partons. Zaki devant, Larbi et moi derrière. Le chauffeur fume. Ça me gêne mais je n'ose pas le dire. Je vois défiler le paysage et me dis que rien n'a changé. Larbi, toujours insouciant, dort profondément et ronfle. Zaki fait la conversation avec le chauffeur pour qu'il ne s'endorme pas. Moi, je rêvasse sans parvenir à m'assoupir. Des images incohérentes me hantent. Je ne pense à rien. Je me laisse bercer comme après une grosse fatigue.

À Fès, on s'arrête pour prendre un café. C'est Zaki qui paie. Enfin un vrai café, j'en avais perdu le goût. Le chauffeur mange un gros sandwich et boit du Coca. Je marche quelques pas pour vérifier si je suis vraiment libre, libéré. Je lève les bras, je saute, je fais n'importe quoi, je crie, je cours et reviens au taxi. Les gens doivent se dire que je suis fou. J'ai eu de la chance de ne pas l'être devenu. Je m'endors cette fois-ci et me réveille à Larache. Il fait nuit. Il n'y a personne dans les rues. Je sens la présence de la mer. Je respire profondément et me dis, ça y est la maison n'est plus loin, deux ou trois heures de route encore.

Dehors

Le 28 janvier 1968, j'arrive à la maison le soir. Mes parents n'ont pas été prévenus. Je suis devant chez eux. La lumière est encore allumée. Le chauffeur attend. Je sonne. Mon père ouvre après avoir demandé : « Qui est là ? » Je tombe dans ses bras ; nous pleurons tous les deux. Ma mère accourt et pousse des youyous qui réveillent le quartier. Mon père embrasse le chauffeur et l'invite à entrer. Je lui dis donne 200 dirhams. Il est une heure du matin. Rahma, l'employée de maison, se réveille. Elle me dit : « Je vais te préparer à manger. » Je n'ai pas faim ou, plutôt, je ne sais pas ce dont j'ai envie. Je suis là et je ne suis pas là. Drôle d'impression. Le monde chavire et moi je ne sais où me poser. Ma mère constate combien j'ai maigri. J'avoue que ça m'indiffère. J'avale deux bouchées de poulet aux olives et je sens la fatigue me gagner. Je m'endors sur les coussins de la salle à manger. Mon père, comme il le faisait quand j'étais enfant, me porte dans ma chambre, me couvre et je l'entends prier. Ma mère est inquiète, elle ne sait que faire, essuie ses larmes et dit : « Les bâtards, ils ont bousillé mon fils. » Impossible de trouver le sommeil. Le lit douillet ne me convient pas. Ce confort crée chez moi une sorte de malaise, un rejet. Je me couche sur le tapis. Je sens le sol dur et pense aux pierres qui creusaient mon dos. Je me tourne et me retourne. J'ai ramené de cette épreuve une nouvelle amie : l'insomnie. J'en souffre depuis cette époque. Je crois avoir tout essayé pour retrouver un sommeil paisible et profond. Mais il n'y a rien à faire, dormir est devenu une chose rare, voire impossible. Mon incarcération a détruit mon sommeil et ma façon de manger. Je ne mange pas, j'avale. J'ai mal au ventre. Je n'arrive même pas à apprécier les bons plats de ma mère. Je ne vais quand même pas lui demander de cuisiner avec de la graisse de chameau et de laisser le pain durcir des jours durant. L'adaptation est un nouveau combat. Il faut du temps et de la patience.

Après avoir mangé très rapidement, je prends enfin un bain, me détends, mets des habits propres. Je me retrouve peu à peu avant de pouvoir peut-être raconter. Rahma me glisse à l'oreille que mon ex-fiancée a quitté la ville, elle a suivi un chrétien. Ça ne fait rien. Je ne pense plus à elle. Besoin de me refaire. Toute la famille arrive. Mon grand frère, celui qui m'avait accompagné, est là, celui qui est à

Grenoble m'appelle au téléphone et me confie qu'il a eu peur pour moi. Ma sœur est venue aussi, il y a son mari, sa fille aînée, ma tante, mes deux oncles, leurs enfants, des voisins, des amis de mon père, mon cousin rebelle, celui qui a fait de la prison pour avoir dit que dans ce pays la corruption commence par le haut. Trois ans de prison pour insulte à Sa Majesté. Il n'avait pas prononcé son nom, mais il a été condamné quand même. C'est la fête. Je suis épuisé, un peu triste. Je monte sur la terrasse et je regarde la mer. Il fait beau. Le détroit est calme. On voit les côtes espagnoles. Je pense aux militants emprisonnés par Franco. Là-bas aussi il y a l'arbitraire et la répression. Je reste un bon moment à prendre le soleil et à imaginer la vie de l'autre côté. Pour la première fois, j'ai le sentiment d'avoir été libéré. Je ne leur appartiens plus. Mais suis-je libre ? Je ne pourrai même pas raconter notre calvaire. Je repense au philosophe français et me demande s'il est toujours en prison en Bolivie. Deux ans plus tard, j'apprendrai sa sortie. J'ai l'impression qu'avec ma libération tous les prisonniers d'opinion devraient être libérés. Je vois une barque de pêcheur, j'entends le bruit du moteur et j'ai envie d'être sur cette barque. Ma mère m'appelle, le déjeuner est prêt. Elle s'est levée très tôt ce matin pour préparer tout ce que j'aime. Des questions, des embrassades, des cris de joie. Ma tante, celle qui n'a peur de rien, dit à voix haute : « À présent, il va falloir lui trouver une femme, le pauvre, il doit être affamé, on va le marier avec une fille de bonne famille, une fille qui sera honorée de l'aimer… »

Tout le monde rit. Oui, besoin de femme, mais pas pour me marier. J'appelle un copain qui était avec moi à la fac, il me donne des informations sur les cours que je dois rattraper. Il me manque un certificat pour ma licence en philosophie. Nous sommes en février. J'ai le temps de le présenter en juin.

Mes parents me racontent combien ils ont été choqués par le comportement de mon ex-fiancée. Ils ont eu honte. Je les rassure. Ce n'est rien, je ne suis plus attaché à elle. Difficile d'évoquer ce sujet douloureux avec eux. J'ai mal et m'efforce de ne pas le montrer. À quoi bon leur expliquer que je suis amoureux de cette fille dont la beauté est scandaleuse ? Ma mère soigne son diabète. Mon père tousse, même s'il a arrêté de fumer. Mon grand frère me parle de sa fille disparue et de l'immense chagrin qui s'est abattu sur la famille. Rahma me met au courant de ce qui est arrivé depuis mon départ ; elle mélange tout : « L'épicier est mort subitement, personne ne le regrette, il était méchant et sale, on dit qu'il a été mordu par un rat pendant qu'il dormait dans sa boutique ; c'est son fils qui le remplace, il est gentil et fait crédit à tout le monde ; le fils du voisin est en prison, il a vendu du kif à un flic, il est con ; ta tante rêve que tu épouses sa fille, tu sais celle qui est maigre et qui ne trouve pas de mari ; une de tes cousines a failli mourir à cause du gaz, oui, elle a été sauvée de justesse ; le roi a fait un discours où il condamne les filles qui portent des jupes très courtes ; ta grande sœur est partie à La Mecque pour la deuxième fois ; elle est revenue guérie de tous ses maux… Bon, repose-toi ! »

Besoin de cinéma, besoin viscéral de voir défiler des images, être dans une salle obscure, attendre que le film commence, accepter de regarder des publicités mal faites, écouter les informations de la semaine qui consistent à rendre compte exclusivement de la vie de la cour royale. Quand dans un reportage il n'y a pas le roi, les images sont en noir et blanc. Dès qu'il s'agit de la famille royale, tout est filmé avec des couleurs vives. J'avale ces infos sans aucun intérêt et pense à Ava Gardner et Richard Burton, car je suis là pour *La Nuit de l'iguane* de John Huston. La projection tarde à démarrer. Les gens s'impatientent. Un gars nous informe que le cycliste qui transportait les bobines a eu un accident et qu'il est à l'hôpital, quant au film il est au commissariat. On crie, on proteste. Un autre gars monte sur la scène et nous dit : « Vous avez de la chance ! Nous avons un grand film pour remplacer, il s'agit d'une magnifique histoire d'amour qui a même eu la palme d'or à Cannes… » Silence dans la salle. Puis le gars annonce : *Un homme et une femme.* C'est la consternation. On est habitués à ne voir dans ce cinéma que des films américains, et là on nous impose un film français de Claude Lelouch. Déçu mais résigné – je suis encore dans un réflexe de soumission militaire –, je ne proteste pas. Jamais je n'aurais fait la queue pour voir un film de lui. Ça commence. Un vendeur de limonades passe en criant « Coca Judor, Coca Judor ». Des spectateurs se lèvent et quittent la salle. Moi je reste jusqu'au bout même si je déteste chaque plan. Lelouch est un bon cameraman mais un piteux cinéaste. Il n'a rien à dire et le dit avec de l'esbroufe. Cette musique lancinante finit par me dégoûter définitivement.

D'avoir vu défiler des images m'a fait le bien escompté. Le lendemain, Ava Gardner crève l'écran. Elle a quelques bleus sur les bras. L'accident du cycliste a failli la défigurer. Je me rattrape en regardant le film deux fois. J'ai ma ration de cinéma et pas n'importe lequel. John Huston est un type formidable.

Depuis ce jour, je voue en revanche une antipathie tenace à l'égard de Lelouch. C'est injuste. Je sais qu'il a des fans. Mon ami Amidou, l'acteur marocain qui a commencé sa carrière avec lui, m'en a longuement parlé. Il ne m'a pas fait changer d'avis, mais quand on aime on ne sait pas non plus pourquoi. Disons que j'en voudrai toujours à Lelouch d'avoir remplacé John Huston ce jour-là…

Je pars pour Rabat reprendre mes études de philosophie. Avec la poésie, la philosophie était mon pilier, ma béquille. La source de tout savoir et la conviction que son étude permet de consolider sa dignité d'être et de citoyen. Rien n'a changé. C'est une ville où rien ne bouge. À la faculté des lettres je ne retrouve pourtant plus mes anciens camarades. Certains enseignent, d'autres sont partis à l'étranger faire des thèses. Mais M. Chenu est toujours là, sympathique, les joues rouges, on voit les veines violettes, c'est l'alcool. Il me donne une liste d'ouvrages à lire, en partant il me dit : « Ça a été dur, n'est-ce pas ? — Oui. »

En allant à la Cité universitaire, je passe devant une caserne. Je regarde le soldat en faction. J'entends des « *Balkoum* », des « *Raha* ». Je souris. À la Cité, il n'y a plus de chambre libre, on m'envoie chez le père Gilles qui dirige La Source, où il loue des chambres pour étudiants. Là, je fais la connaissance d'un Français, peintre et désespéré, il m'emprunte de l'argent puis disparaît. Le père Gilles me dit que c'est un pauvre type sympathique mais assez égaré. On me demande d'animer une fois par semaine le ciné-club. Je projette *Le Guépard*, suivi d'un débat très animé sur le classicisme de Visconti. Je suis heureux car je me sens à des milliers de kilomètres du camp. Je revis, je fais des choses futiles, ça m'amuse d'aller chiner au marché aux puces puis d'acheter des cacahuètes grillées et de les manger en buvant un thé à la menthe sucré. Je deviens paresseux. Je flâne et j'aime ça. Mais à l'approche de la nuit je sens monter en moi un sentiment de peur puis de panique. Je suis seul, je me raisonne, je me parle à voix haute pour faire baisser cette tension. Je reconnais l'angoisse. Le propre de ce genre d'état c'est qu'il ne prévient pas. Ça arrive, c'est tout. On ne sait pas pourquoi ni comment. Alors je repousse de mes mains l'approche de la nuit. Je regarde le ciel et réclame de la lumière. Des étoiles filent et d'autres continuent de briller. Le camp et ses fantômes m'obsèdent. Je revois le pauvre soldat qui a dû mourir enterré vivant. Je revois le visage dur, le regard impitoyable de l'adjudant Aqqa. Tout cela s'accumule dans ma tête et accentue la migraine. Je continue de compter les jours et les nuits : 564 jours avec des nuits qui ne sont pas de vraies nuits tant certaines sont courtes. Le temps c'était nous et nous devions marcher pour l'accompagner jusqu'à ce que le ciel change de lumière. Je suis libéré mais pas libre. Le camp pèse lourd. Je le porte sur mon dos. Mes reins sont fatigués, épuisés. Il me hante, avec ses hivers pénibles et ses étés suffocants. Il faut que j'en sorte, que je m'en débarrasse. L'insomnie creuse un sillon dans mon corps endolori. Tout cela se passe en silence. Surtout ne pas en parler, ne pas se plaindre. Cela ne ferait qu'aggraver la situation.

Et puis il y a une odeur difficile à décrire, à définir. Elle m'envahit de temps en temps. L'odeur d'El Hajeb, quelque chose d'humide et de gras, de visqueux. Je me bouche le nez et attends que ça se déroule. Ma mère a donné au fils des voisins mes vêtements d'avant. J'ai tellement maigri que plus rien ne me va.

Le roman de James Joyce est là. À force de l'avoir trimbalé partout, il est devenu sale et a cette odeur indéfinissable de la captivité. Quand je l'ouvre, je n'arrive pas à dépasser une ou deux pages. Je ne lis pas, je me souviens. Et ces souvenirs sentent mauvais. Pardon, Monsieur Joyce, mais votre chef-d'œuvre a été entaché par des épreuves dont vous n'avez pas idée. Il a été mêlé à quelque chose de brutal. Il a été souillé par un contexte triste et nauséabond. Mais sa présence m'a aidé, m'a donné de l'espoir et des idées. Votre audace de créateur m'a impressionné. Je rêvais d'atteindre un jour quelque chose qui s'approcherait de cette audace, gage de liberté et de victoire sur la mesquinerie et la douleur du monde.

Je rends visite à Abdel, un de mes anciens professeurs. Je lui donne les quelques pages écrites durant la captivité. Tout en tirant sur sa pipe éteinte, il lit et murmure : « C'est bon, c'est fort… » Il me propose de les envoyer à l'un de ses amis, Abdellatif Laâbi, qui vient de créer une revue de poésie, *Souffles*.

Le temps a changé de couleur et d'intensité. Je me plonge dans plusieurs textes difficiles et je travaille sans relâche. Certains trouvent en moi une résonance particulière. Je lis Nietzsche. *Ainsi parlait Zarathoustra* devient mon livre de chevet. Je le lis comme un roman. Je prends des notes. Ensuite je m'attaque au *Gai Savoir*. Ni sourd ni abasourdi, je suis heureux tant il me conforte dans mes idées encore balbutiantes. J'aime quand le philosophe évoque la « religion de la pitié » et la « religion du confort ».

On n'a de toute façon qu'une chose à faire : admettre la mort et ne pas négliger les félicités de la vie en veillant à ne jamais faire honte à un autre homme, à ne jamais humilier l'intelligence et la présence au monde. Mettre en soi quelque épaisseur pour ne pas s'égarer dans le bruit et le tapage de l'époque. L'image de l'éternel sablier de l'existence m'obsède et explique ma résistance au sommeil. Ces oiseaux sales de l'époque ont porté sur moi leur merde. Et je garde l'esprit vif et prêt à recevoir, à apprendre, parce que, comme dit Nietzsche, « nous redevenons limpides ». Et Zarathoustra dit : « Ce sont des pensées venues sur des pieds de colombe qui mènent le monde. » C'est à ce moment que je découvre Spinoza et fais mienne une de ses idées : « Tout être tend à persévérer dans son être. » C'est ma devise, pensée arrivée jusqu'à moi sur des pieds de colombe. Non seulement personne ne change, même si on modifie certains paramètres, mais tout le monde persiste dans ses certitudes jusqu'à la mort.

J'aurais pu sortir du camp changé, endurci, adepte de la force et même de la violence, mais je suis sorti comme j'étais entré, plein d'illusions et de tendresse pour l'humanité. Je sais que je me trompe. Mais sans cette épreuve et ces injustices je n'aurais jamais écrit.

En juin 1968, j'obtiens ma licence de philosophie. En juillet, je reçois mon affectation : professeur à Tétouan, une ville connue pour être très conservatrice et peu accueillante.

Souffles publie mes poèmes. Je suis fou de joie. Des lecteurs m'écrivent. Je suis aux anges. Mes élèves m'en parlent. Puis quelqu'un me dit : « Alors, c'est pour quand le prochain poème ? » Je ne réponds rien et me dis, il faut continuer… À Tétouan comme dans le reste du pays, personne n'a entendu parler du camp militaire. Quand on me pose des questions sur mon absence, je réponds : « J'étais en vacances à Ahermoumou. » Les gens répètent le nom en le déformant sans savoir si c'est un pays ou un village.

5 juin 1971

Trois ans après, fin mai, je reçois une convocation signée par le commandant Ababou pour me présenter le 1er août au camp d'El Hajeb. J'appelle mes anciens camarades ; eux aussi l'ont reçue. Aucune envie de remettre ça. Je pense à m'exiler, à prendre la fuite. Mes parents sont de mon avis. Je suis professeur de philosophie au lycée Mohammed-V à Casablanca. L'année scolaire a été très courte. Les grèves, les arrestations des lycéens, la répression tous azimuts m'avaient déjà poussé à prendre des contacts pour partir en France. Pas de bourse, pas d'aide. Le ministère se montre intransigeant. Je suis sous contrat et si je veux m'en aller, il faut que je rembourse l'avance de l'État que j'ai perçue pendant que je préparais ma licence de philo. Je m'en moque. Il faut partir. Abdel me conseille de demander à prendre une année sabbatique sans solde. Au ministère je vois un vieux monsieur qui me fait comprendre qu'il sait par quelles épreuves je suis passé. Il me dit :

« Exceptionnellement je vous accorde une mise en disponibilité que vous pourrez renouveler durant trois ans, en présentant les justificatifs de vos études ; sinon, vous devrez rembourser l'État marocain qui a payé vos études. » En tant que professeur je touche 905 dirhams par mois. Juste de quoi se loger et se nourrir. Impossible de faire des économies.

C'est décidé. Avec mon dernier salaire j'achète un billet d'avion pour Paris. Départ prévu à la mi-juillet 1971. À cause des événements qui vont suivre, mon départ sera retardé de deux mois. Mohammed Ouassini, qui part aussi, m'a proposé de m'héberger quelques jours chez sa tante qui habite Charenton.

Le 5 juin, je suis à Fès avec deux punis pour passer la visite médicale en vue de notre rappel. Il vaut mieux faire les choses en règle même si ma décision de ne pas retourner au camp a été prise. Je n'en parle pas. Vers midi, on s'apprête à entrer dans le café-brasserie La Renaissance en plein centre de la ville nouvelle de Fès. Voilà que nous nous trouvons nez à nez avec le commandant Ababou. Un choc. Suivi d'un réflexe : on se met au garde-à-vous ! Ababou nous dit que nous ne sommes pas à l'armée. Mon copain Larbi, l'optimiste, l'homme qui sourit tout le temps, lui pose directement la question : « Mon commandant, nous sommes à Fès pour passer la visite médicale pour le rappel du 1er août prochain. Pourquoi ce rappel, mon commandant ? »

Ababou, qui est en tenue de sport, nous dit cette phrase que j'entends encore et que je n'oublierai jamais : « Je vous réserve une surprise, une grande surprise. » Larbi, excité et inquiet, veut savoir de quoi il s'agit. Le commandant lui dit : « Tu verras, une surprise je te dis. » Zaki ne rit pas. Il est persuadé que l'armée veut nous récupérer pour nous enrôler définitivement. Je m'efforce de mettre tout ça à distance. Je me dis, de toutes les façons, le 1er août je serai en France.

Le commandant Ababou nous donne une tape amicale sur l'épaule puis s'en va en répétant le mot « surprise ». Nous sommes interloqués, troublés, nous avons la peur au ventre. Nous sommes bien placés pour savoir de quoi est capable ce commandant qui n'a aucun sens de l'humour. Sa surprise ne peut être qu'une nouvelle épreuve, une nouvelle catastrophe. Il n'est pas du genre à plaisanter, surtout avec d'anciens punis. Nous prenons une table et nous commandons des brochettes. Larbi est hilare. Il a un rire nerveux. Il dit : « Il est fou ce commandant, il croit que nous allons lui obéir comme avant ! » Zaki, toujours pessimiste, rétorque : « On a reçu un papier officiel ; c'est une convocation de l'armée, si on ne se présente pas on est considéré comme déserteur et là les punitions sont terribles. Moi, j'ai pas envie de rigoler. Ils nous pourrissent la vie. » Je lance : « Vous vous souvenez du mec qui avait déserté ? Il a été enterré vivant… »

Larbi se demande ce que c'est que cette surprise. La guerre avec l'Algérie ? Merde, si c'est ça, ça sera terrible. Pas envie de tirer sur des Algériens, ce sont des frères, des cousins, ils viennent à peine de sortir d'une guerre atroce avec la France… Merde et merde. La guerre des Sables est dans les mémoires. Peut-être que les généraux de l'armée royale veulent remettre ça et casser l'Algérie encore fragile.

Nous n'avons plus d'appétit. Le train repart vers dix-sept heures. Nous essayons de nous distraire, Larbi drague deux touristes, des filles scandinaves. Il nous dit en arabe : « On va se frotter à la démocratie ! Baiser une fille née avec la démocratie dans le sang, ça doit être plus que bon ! » Aucune envie de draguer. La « surprise » me préoccupe.

Une fois arrivés à Tanger, Larbi part avec les deux filles et me dit de le rejoindre plus tard. Il habite tout près de chez mes parents dans un palais en ruine. Nous passons la nuit chez lui et nous faisons l'amour à la démocratie suédoise. J'avoue que le matin je me sens léger, heureux, changé. Elles ont fumé avant. Moi, je déteste ça. On s'échange nos adresses et je rentre chez moi. Je ne parle pas de la « surprise » à mes parents. Le lendemain, elles prennent le bateau pour Algésiras.

La surprise

10 juillet 1971. 14 h 08. Mille quatre cents élèves officiers, répartis en vingt-cinq camions, encerclent la résidence d'été du roi Hassan II, le palais de Skhirat, au bord de la plage à quelques kilomètres de Rabat. Le lieutenant-colonel M'Hamed Ababou entre par la porte nord. Son frère aîné, Mohammed, par la porte sud. C'est l'anniversaire du roi. Il a quarante-deux ans. Il organise une garden-party où il a invité ses amis, des diplomates, des politiques, des artistes, des militaires. Tenue décontractée. Musique légère. Le roi aime parfois contrarier le protocole. Le ciel est d'un bleu particulier. Il fait chaud. Ordre est donné de tuer tout le monde. Massacre à la mitraillette. Du sang dans la piscine, sur le sable, dans les buffets, partout. Le roi se réfugie dans les toilettes.

C'est un jour férié. Avec des amis nous partons le matin vers Rmilat (à cinq kilomètres de Tanger) pour un pique-nique. Des garçons et des filles. Larbi est là. Il est drôle, il nous fait rire. On mange des sandwichs de chez Abdelmalek. Ils sont fameux. On boit du Coca. Tout se passe bien. Il fait très beau. Pas de vent d'est. Tanger est dans son meilleur jour. Larbi plaisante sur notre supposé retour à l'armée. Les filles disent : « On vous suivra. » On rigole, on s'embrasse. On est heureux. Seul Zaki est de mauvaise humeur. Larbi me dit : « Il porte la poisse, tu verras, on finira dans cette armée de merde ! » Zaki est complexé par sa petite taille et ses cheveux crépus. Il compense par une grande intelligence et un peu de dérision. Il est sombre, comme d'habitude. Il est l'opposé de Larbi. Moi, je suis entre les deux tempéraments.

Vers 15 h 30, on décide de décamper. En remontant de la baie on arrive à l'esplanade où il y a un café fréquenté par des familles. II est vide. C'est étrange. Une des filles veut aller aux toilettes. Dès qu'elle entre dans le café, elle ressort en courant : « Venez vite, venez, il y a un type à la télé qui est devenu fou... » On se précipite et on voit un journaliste très connu, Bendadouch, l'air très grave, lire un communiqué : *L'armée vient de prendre le pouvoir... le système monarchique est balayé... l'armée du peuple a pris le pouvoir... Vigilance, vigilance... d'autres communiqués seront portés à votre connaissance... Le peuple est libéré, la monarchie corrompue n'existe plus... C'est la révolution du peuple et de l'armée ! Soyez vigilants...* Une musique militaire ponctue cette déclaration. L'un de nous dit : « Ça y est, c'est la révolution ; allons vite à la centrale du syndicat des travailleurs ; les ouvriers doivent être dans la rue… » Dans le café, plus personne ; dehors, plus de bus ni de taxi. On se met à courir pour rentrer en ville. On fait de l'auto-stop. Une 4 L s'arrête, c'est notre ancien prof d'histoire, un Français ; on s'engouffre dans la voiture. C'est lui qui nous met au courant : « Des militaires ont fait un coup d'État ; un certain Aba… bu ou bou est leur chef ; ils ont tiré sur tout le monde ; le roi a dû être tué ; il y aurait des centaines de morts… ça la fout mal. Le Maroc est foutu ! » On a peine à le croire. On se regarde, la peur au ventre. Quelqu'un met la radio. Musique militaire et lecture du communiqué de l'armée. Ababou ! Larbi éclate de rire. Un rire nerveux. Zaki proteste et réclame le silence. Il dit que c'est un moment historique et que nous risquons tous d'être fusillés !

Ababou ! Évidemment ! La « surprise » ! La grande surprise ! C'était donc ça ! Zaki est mort de peur. Il est pâle. Il ne parle pas. Larbi ne rit plus. Lui aussi a la trouille. Nous avons tous la trouille. J'ai la gorge sèche. Je panique et me vois déjà en soldat sur le front algérien. Mon imagination fait des bonds et je ne contrôle plus rien. Envie de pisser. Tout le monde a envie de pisser. Le prof arrête la voiture et nous voilà en train de nous soulager. D'autres ont mal au ventre. On ne parle plus. On attend d'arriver chez nous.

Au siège du syndicat des travailleurs, il n'y a personne. Les rues sont désertes. On se disperse et chacun rentre chez soi. Mes parents sont très inquiets. Surtout mon père, qui sait de quoi sont capables les militaires ; moi aussi, et pour cause. Je me retire dans ma chambre sans parvenir à me calmer. Je fais du rangement. J'allume la radio, la station nationale n'émet plus, je cherche une fréquence étrangère. Je tombe sur Radio France. J'attends l'heure des informations. Un envoyé spécial raconte : « Rabat est entre les mains des mutins, j'entends des tirs autour de l'immeuble de la radio nationale d'où les mutins proclament la république ; les morts parmi les invités du monarque sont nombreux ; impossible de donner un chiffre ; l'ambassadeur de France a pu s'enfuir ; celui de Belgique est mort. Impossible de savoir dans quel état se trouve le roi. Un communiqué dit qu'il a abdiqué. Les élèves officiers sont descendus de la caserne d'Ahermoumou, un village au nord-est du pays ; leur chef est un lieutenant-colonel du nom de M'Hamed Ababou, secondé par un homme de main, un certain Aqqa, suivi par de jeunes officiers dont le frère d'Ababou ; on m'a donné des noms : capitaine Chellat, capitaine Manouzi, adjudant Mzirek ; des généraux seraient complices d'Ababou, on parle du général Medbouh, très proche du roi, directeur de la Maison royale, devenu aujourd'hui le chef de l'ombre des mutins ; quant au général Oufkir, on dit qu'il a pris la tête de l'armée loyale, il est parti à la recherche d'Ababou et de ses hommes. Medbouh veut dire en arabe L'Égorgé, ça fait peur… »

Tous ces noms résonnent dans ma tête, parce que je peux mettre un visage sur chacun d'eux. Ce sont les officiers qui nous ont punis. Ceux-là mêmes qui nous ont fait passer dix-neuf mois de calvaire. Ces officiers sont devenus des tueurs. Le cas d'Aqqa ne me surprend pas. Ils sont fous de vouloir renverser le roi par la violence. Ils ne vont pas s'en sortir, du moins c'est ce que je me dis et ce que j'espère. Si jamais leur coup d'État réussit, je sais ce qu'ils feront de ce pays, ce sera une terrible et impitoyable dictature. Ababou, impulsif, colérique et violent, ne peut pas être un démocrate. Ils parlent de justice et de démocratie mais ce sont des gens sans foi ni loi. Je les connais. Je me répète cette phrase, « je les connais, je les connais ». Mon frère appelle de France. Il dit que l'armée française serait prête à intervenir pour sauver le roi. C'est la confusion. Sauver le Maroc de la possible victoire de militaires violents, incultes et assoiffés de pouvoir.

Je deviens aussi concerné que le pouvoir monarchique. Je viens de réaliser que notre convocation du 1er août a une relation directe avec le coup d'État. Ababou a dû penser à nous enrôler dans son aventure. Le pire, peur rétrospective, c'est qu'il aurait pu faire ce coup d'État du temps où nous étions sous sa coupe. 94 étudiants de gauche, voilà un bon alibi pour un futur dictateur. On l'a échappé belle. C'est même un miracle. Rien n'empêchait Ababou de nous garder et de nous entraîner avec lui dans une tragique aventure. Je me demande pourquoi il ne l'a pas fait. Il pouvait tout se permettre et nous n'avions aucun moyen de lui désobéir. De toute façon, il ne nous aurait pas mis au courant de son projet. Comme il l'a fait avec les jeunes élèves officiers, il nous aurait drogués et nous aurait dit que le roi était en danger et que nous allions le sauver !

Je revois le visage dur d'Aqqa, sa tête tondue. Je revois la démarche déterminée du lieutenant, devenu capitaine, Manouzi ; j'imagine le capitaine Chellat en train de zigouiller les invités du roi. J'entends le nom de Boulhim's, le nom d'Allioua (celui qui a déchiré le certificat médical), on dit que ces deux derniers sont à la recherche d'Ababou pour l'arrêter et le ramener au roi. Le général Medbouh est arrêté et abattu par Aqqa pour avoir voulu épargner la vie du roi et de sa famille.

Tard dans la nuit, les oreilles collées au transistor, j'entends le journaliste de Radio France interrompre un programme théâtral et annoncer : « Le roi est vivant, il vient de nous faire la déclaration suivante… » Le roi parle de miracle, d'amitié trahie, de bénédiction divine, dit qu'il préfère être victime d'une amitié que de trahir un ami... Il est rassurant, parle un français impeccable. On apprend qu'une centaine de ses invités ont été tués. Que son frère Moulay Abdallah est légèrement blessé, que le prince héritier Sidi Mohammed, huit ans, est sain et sauf.

La radio a été reprise aux mutins. On raconte que le chanteur égyptien Abdel Halim Hafez, qui était en train d'enregistrer une chanson, a refusé de lire le communiqué des rebelles. On l'aurait menacé mais il a dit qu'il était un artiste étranger et qu'il n'avait pas à s'immiscer dans la politique d'un pays ami. C'est le compositeur marocain aveugle Abdessalam Amer qui a été contraint d'annoncer la chute du régime monarchique. On lui a lu le communiqué, il l'a appris par cœur et l'a récité.

Je me sens mieux. Je n'étais pourtant pas dans la garden-party du roi. En fait, je viens miraculeusement de sauver ma peau. Ababou vainqueur, je n'aurais pas donné cher de nos vies, nous, les punis de Hassan II. Il nous aurait enrôlés de force et passé par les armes toute personne qui aurait osé résister. Ababou était ainsi. C'est même à cause de sa réputation de militaire intraitable qu'Oufkir lui avait confié la tâche de redresser des étudiants opposants au régime. Mission accomplie. Il n'a cependant pas pu aller au bout de ses envies : faire de nous des complices, des rebelles, des martyrs.

La suite est dans l'ordre des choses : en direct à la télévision, exécution des généraux impliqués dans le coup d'État. Ils sont dégradés, humiliés, enchaînés et parqués dans un camion avant d'être fusillés. Les autres, les élèves officiers, sont tous arrêtés. Ababou a été descendu par le général Bouhali à l'entrée de l'État-Major de Rabat. Aqqa s'est enfui. Il est rattrapé aux environs de Kénitra et abattu comme un chien. La monarchie règle ses comptes. Et moi je tremble encore à l'idée que nous aurions pu être entraînés dans cette folle aventure par ce psychopathe assoiffé de pouvoir.

Ma mère prépare un grand couscous pour les pauvres. Elle me dit : « Dieu est avec nous. » Dieu ou le hasard, Dieu ou le destin.

Pour avoir manifesté calmement, pacifiquement, pour un peu de démocratie, j'ai été puni. Pendant des mois, je n'ai plus été qu'un matricule, le matricule 10 366. Un jour, alors que je ne m'y attendais plus, j'ai retrouvé la liberté. J'ai pu enfin, comme je le rêvais, aimer, voyager, écrire et publier de nombreux livres. Mais pour écrire *La Punition*, pour oser revenir à cette histoire, en trouver les mots, il m'aura fallu près de cinquante ans.

DU MÊME AUTEUR

Aux Éditions Gallimard

PARTIR, 2006 (Folio n° 4525)

GIACOMETTI. LA RUE D'UN SEUL *suivi de* VISITE FANTÔME DE L'ATELIER, 2006 (Folio n° 6224)

LE DISCOURS DU CHAMEAU *suivi de* JÉNINE ET AUTRES POÈMES, 2007 (Poésie/Gallimard n° 427)

SUR MA MÈRE, 2008 (Folio n° 4923)

AU PAYS, 2009 (Folio n° 5145)

MARABOUTS, MAROC, 2009, avec des photographies d'Antonio Cores et Beatriz del Rio et des dessins de Claudio Bravo

LETTRE À DELACROIX, 2010 (Folio n° 5086), précédemment paru en 2005 dans *Delacroix au Maroc* aux Éditions F.M.R

JEAN GENET, MENTEUR SUBLIME, 2010 (Folio n° 5547)

BECKETT ET GENET, UN THÉ À TANGER, 2010

HARROUDA, *nouvelle édition précédée d'une note de l'auteur,* 2010 (première édition en 1973, Éditions Denoël, repris en Folio n° 1981 ; avec des illustrations de Baudoin, Bibliothèque Futuropolis, 1991)

L'ÉTINCELLE. RÉVOLTES DANS LES PAYS ARABES, 2011

PAR LE FEU, 2011

QUE LA BLESSURE SE FERME, 2012

LE BONHEUR CONJUGAL, 2012 (Folio n° 5688)

LETTRE À MATISSE ET AUTRES ÉCRITS SUR L'ART, 2013 (Folio n° 5656)

L'ABLATION, 2014 (Folio n° 5922)

POÈMES, PEINTURES, 2015

LE MARIAGE DE PLAISIR, 2016 (Folio n° 6385)

ROMANS, coll. « Quarto », 2017

J'ESSAIE DE PEINDRE LA LUMIÈRE DU MONDE (en coédition avec l'Institut du monde arabe), 2017

LA PUNITION, 2018 (Folio n° 6714)

L'INSOMNIE, 2019

DOULEUR ET LUMIÈRE DU MONDE: POÈMES, 2019

Aux Éditions Denoël

LA RÉCLUSION SOLITAIRE, 1976 (Folio n° 5923)

Aux Éditions du Seuil

LA PLUS HAUTE DES SOLITUDES, 1977 (Points-Seuil)

MOHA LE FOU, MOHA LE SAGE, 1978 (Points-Seuil). Prix des Bibliothécaires de France, prix Radio-Monte-Carlo, 1979

LA PRIÈRE DE L'ABSENT, 1981 (Points-Seuil)

L'ÉCRIVAIN PUBLIC, 1983 (Points-Seuil)

HOSPITALITÉ FRANÇAISE, 1984, nouvelle édition en 1997 (Points-Seuil)

L'ENFANT DE SABLE, 1985 (Points-Seuil)

LA NUIT SACRÉE, 1987 (Points-Seuil). Prix Goncourt

JOUR DE SILENCE À TANGER, 1990 (Points-Seuil)

LES YEUX BAISSÉS, 1991 (Points-Seuil)

LA REMONTÉE DES CENDRES *suivi de* NON IDENTIFIÉS, édition bilingue, version arabe de Kadhim Jihad, 1991 (Points-Seuil)

L'ANGE AVEUGLE, 1992 (Points-Seuil)

L'HOMME ROMPU, 1994 (Points-Seuil)

ÉLOGE DE L'AMITIÉ, Arléa, 1994; réédition sous le titre ÉLOGE DE L'AMITIÉ, OMBRES DE LA TRAHISON (Points-Seuil)

POÉSIE COMPLÈTE, 1995

LE PREMIER AMOUR EST TOUJOURS LE DERNIER, 1995 (Points-Seuil)

LA NUIT DE L'ERREUR, 1997 (Points-Seuil)

LE RACISME EXPLIQUÉ À MA FILLE, 1998; nouvelle édition en 2009

L'AUBERGE DES PAUVRES, 1999 (Points-Seuil)

CETTE AVEUGLANTE ABSENCE DE LUMIÈRE, 2001 (Points-Seuil). Prix Impac 2004

L'ISLAM EXPLIQUÉ AUX ENFANTS, 2002

AMOURS SORCIÈRES, 2003 (Points-Seuil)

LE DERNIER AMI, 2004 (Points-Seuil)

LES PIERRES DU TEMPS ET AUTRES POÈMES, 2007 (Points-Seuil)

L'ISLAM EXPLIQUÉ AUX ENFANTS (ET À LEURS PARENTS), 2012

MES CONTES DE PERRAULT, 2014

L'ISLAM EXPLIQUÉ EN IMAGES, 2017

LE RACISME EXPLIQUÉ À MA FILLE : VINGT ANS APRÈS : CE QUI A CHANGÉ (1998-2018), 2018

Chez d'autres éditeurs

LES AMANDIERS SONT MORTS DE LEURS BLESSURES, Maspero, 1976 (Points-Seuil). Prix de l'Amitié franco-arabe, 1976

LA MÉMOIRE FUTURE. Anthologie de la nouvelle poésie du Maroc, Maspero, 1976

LA FIANCÉE DE L'EAU *suivi de* ENTRETIENS AVEC M. SAÏD HAMMADI, OUVRIER ALGÉRIEN, Actes Sud, 1984

LA SOUDURE FRATERNELLE, Arléa, 1994

LES RAISINS DE LA GALÈRE, Fayard, 1996 (Folio nº 5824)

LABYRINTHE DES SENTIMENTS, Stock, 1999 (Points-Seuil)

AU SEUIL DU PARADIS, Éditions des Busclats, 2012

UN PAYS SUR LES NERFS, Éditions de l'Aube, 2017

COLLECTION FOLIO

Dernières parutions

6457. Philippe Sollers	*Mouvement*
6458. Karine Tuil	*L'insouciance*
6459. Simone de Beauvoir	*L'âge de discrétion*
6460. Charles Dickens	*À lire au crépuscule et autres histoires de fantômes*
6461. Antoine Bello	*Ada*
6462. Caterina Bonvicini	*Le pays que j'aime*
6463. Stefan Brijs	*Courrier des tranchées*
6464. Tracy Chevalier	*À l'orée du verger*
6465. Jean-Baptiste Del Amo	*Règne animal*
6466. Benoît Duteurtre	*Livre pour adultes*
6467. Claire Gallois	*Et si tu n'existais pas*
6468. Martha Gellhorn	*Mes saisons en enfer*
6469. Cédric Gras	*Anthracite*
6470. Rebecca Lighieri	*Les garçons de l'été*
6471. Marie NDiaye	*La Cheffe, roman d'une cuisinière*
6472. Jaroslav Hašek	*Les aventures du brave soldat Švejk*
6473. Morten A. Strøksnes	*L'art de pêcher un requin géant à bord d'un canot pneumatique*
6474. Aristote	*Est-ce tout naturellement qu'on devient heureux ?*
6475. Jonathan Swift	*Résolutions pour quand je vieillirai et autres pensées sur divers sujets*
6476. Yājñavalkya	*Âme et corps*
6477. Anonyme	*Livre de la Sagesse*
6478. Maurice Blanchot	*Mai 68, révolution par l'idée*
6479. Collectif	*Commémorer Mai 68 ?*

6480. Bruno Le Maire — *À nos enfants*
6481. Nathacha Appanah — *Tropique de la violence*
6482. Erri De Luca — *Le plus et le moins*
6483. Laurent Demoulin — *Robinson*
6484. Jean-Paul Didierlaurent — *Macadam*
6485. Witold Gombrowicz — *Kronos*
6486. Jonathan Coe — *Numéro 11*
6487. Ernest Hemingway — *Le vieil homme et la mer*
6488. Joseph Kessel — *Première Guerre mondiale*
6489. Gilles Leroy — *Dans les westerns*
6490. Arto Paasilinna — *Le dentier du maréchal, madame Volotinen et autres curiosités*
6491. Marie Sizun — *La gouvernante suédoise*
6492. Leïla Slimani — *Chanson douce*
6493. Jean-Jacques Rousseau — *Lettres sur la botanique*
6494. Giovanni Verga — *La Louve et autres récits de Sicile*
6495. Raymond Chandler — *Déniche la fille*
6496. Jack London — *Une femme de cran* et autres nouvelles
6497. Vassilis Alexakis — *La clarinette*
6498. Christian Bobin — *Noireclaire*
6499. Jessie Burton — *Les filles au lion*
6500. John Green — *La face cachée de Margo*
6501. Douglas Coupland — *Toutes les familles sont psychotiques*
6502. Elitza Gueorguieva — *Les cosmonautes ne font que passer*
6503. Susan Minot — *Trente filles*
6504. Pierre-Etienne Musson — *Un si joli mois d'août*
6505. Amos Oz — *Judas*
6506. Jean-François Roseau — *La chute d'Icare*
6507. Jean-Marie Rouart — *Une jeunesse perdue*
6508. Nina Yargekov — *Double nationalité*
6509. Fawzia Zouari — *Le corps de ma mère*
6510. Virginia Woolf — *Orlando*

6511. François Bégaudeau	*Molécules*
6512. Élisa Shua Dusapin	*Hiver à Sokcho*
6513. Hubert Haddad	*Corps désirable*
6514. Nathan Hill	*Les fantômes du vieux pays*
6515. Marcus Malte	*Le garçon*
6516. Yasmina Reza	*Babylone*
6517. Jón Kalman Stefánsson	*À la mesure de l'univers*
6518. Fabienne Thomas	*L'enfant roman*
6519. Aurélien Bellanger	*Le Grand Paris*
6520. Raphaël Haroche	*Retourner à la mer*
6521. Angela Huth	*La vie rêvée de Virginia Fly*
6522. Marco Magini	*Comme si j'étais seul*
6523. Akira Mizubayashi	*Un amour de Mille-Ans*
6524. Valérie Mréjen	*Troisième Personne*
6525. Pascal Quignard	*Les Larmes*
6526. Jean-Christophe Rufin	*Le tour du monde du roi Zibeline*
6527. Zeruya Shalev	*Douleur*
6528. Michel Déon	*Un citron de Limone* suivi d'*Oublie...*
6529. Pierre Raufast	*La baleine thébaïde*
6530. François Garde	*Petit éloge de l'outre-mer*
6531. Didier Pourquery	*Petit éloge du jazz*
6532. Patti Smith	*« Rien que des gamins ». Extraits de Just Kids*
6533. Anthony Trollope	*Le Directeur*
6534. Laura Alcoba	*La danse de l'araignée*
6535. Pierric Bailly	*L'homme des bois*
6536. Michel Canesi et Jamil Rahmani	*Alger sans Mozart*
6537. Philippe Djian	*Marlène*
6538. Nicolas Fargues et Iegor Gran	*Écrire à l'élastique*
6539. Stéphanie Kalfon	*Les parapluies d'Erik Satie*
6540. Vénus Khoury-Ghata	*L'adieu à la femme rouge*
6541. Philippe Labro	*Ma mère, cette inconnue*
6542. Hisham Matar	*La terre qui les sépare*
6543. Ludovic Roubaudi	*Camille et Merveille*
6544. Elena Ferrante	*L'amie prodigieuse (série tv)*

6545. Philippe Sollers — *Beauté*
6546. Barack Obama — *Discours choisis*
6547. René Descartes — *Correspondance avec Élisabeth de Bohême et Christine de Suède*
6548. Dante — *Je cherchais ma consolation sur la terre...*
6549. Olympe de Gouges — *Lettre au peuple et autres textes*
6550. Saint François de Sales — *De la modestie et autres entretiens spirituels*
6551. Tchouang-tseu — *Joie suprême et autres textes*
6552. Sawako Ariyoshi — *Les dames de Kimoto*
6553. Salim Bachi — *Dieu, Allah, moi et les autres*
6554. Italo Calvino — *La route de San Giovanni*
6555. Italo Calvino — *Leçons américaines*
6556. Denis Diderot — *Histoire de Mme de La Pommeraye* précédé de l'essai *Sur les femmes.*
6557. Amandine Dhée — *La femme brouillon*
6558. Pierre Jourde — *Winter is coming*
6559. Philippe Le Guillou — *Novembre*
6560. François Mitterrand — *Lettres à Anne. 1962-1995. Choix*
6561. Pénélope Bagieu — *Culottées Livre I – Partie 1. Des femmes qui ne font que ce qu'elles veulent*
6562. Pénélope Bagieu — *Culottées Livre I – Partie 2. Des femmes qui ne font que ce qu'elles veulent*
6563. Jean Giono — *Refus d'obéissance*
6564. Ivan Tourguéniev — *Les Eaux tranquilles*
6565. Victor Hugo — *William Shakespeare*
6566. Collectif — *Déclaration universelle des droits de l'homme*
6567. Collectif — *Bonne année ! 10 réveillons littéraires*
6568. Pierre Adrian — *Des âmes simples*

6569. Muriel Barbery — *La vie des elfes*
6570. Camille Laurens — *La petite danseuse de quatorze ans*
6571. Erri De Luca — *La nature exposée*
6572. Elena Ferrante — *L'enfant perdue. L'amie prodigieuse IV*
6573. René Frégni — *Les vivants au prix des morts*
6574. Karl Ove Knausgaard — *Aux confins du monde. Mon combat IV*
6575. Nina Leger — *Mise en pièces*
6576. Christophe Ono-dit-Biot — *Croire au merveilleux*
6577. Graham Swift — *Le dimanche des mères*
6578. Sophie Van der Linden — *De terre et de mer*
6579. Honoré de Balzac — *La Vendetta*
6580. Antoine Bello — *Manikin 100*
6581. Ian McEwan — *Mon roman pourpre aux pages parfumées* et autres nouvelles
6582. Irène Némirovsky — *Film parlé*
6583. Jean-Baptiste Andrea — *Ma reine*
6584. Mikhaïl Boulgakov — *Le Maître et Marguerite*
6585. Georges Bernanos — *Sous le soleil de Satan*
6586. Stefan Zweig — *Nouvelle du jeu d'échecs*
6587. Fédor Dostoïevski — *Le Joueur*
6588. Alexandre Pouchkine — *La Dame de pique*
6589. Edgar Allan Poe — *Le Joueur d'échecs de Maelzel*
6590. Jules Barbey d'Aurevilly — *Le Dessous de cartes d'une partie de whist*
6592. Antoine Bello — *L'homme qui s'envola*
6593. François-Henri Désérable — *Un certain M. Piekielny*
6594. Dario Franceschini — *Ailleurs*
6595. Pascal Quignard — *Dans ce jardin qu'on aimait*
6596. Meir Shalev — *Un fusil, une vache, un arbre et une femme*
6597. Sylvain Tesson — *Sur les chemins noirs*
6598. Frédéric Verger — *Les rêveuses*
6599. John Edgar Wideman — *Écrire pour sauver une vie. Le dossier Louis Till*
6600. John Edgar Wideman — *La trilogie de Homewood*

Composition : IGS-CP à L'Isle-d'Espagnac (16)
Achevé d'imprimer par Novoprint,
le 12 octobre 2019
Dépôt légal : octobre 2019

ISBN : 978-2-07-283312-0/Imprimé en Espagne

345095